É NORMAL ENLOUQUECER

ANNA NASCIMENTO
É NORMAL ENLOUQUECER

LARANJA ● ORIGINAL

Para Anna Carolina e Anna Clara,
meus dois amores,
com um beijo do coração

A capa deste livro traz uma das imagens mais famosas e populares do mundo: *A grande onda de Kanagawa*, do artista japonês Katsushika Hokusai (1760-1849). A obra faz parte da série *Trinta e seis vistas do Monte Fuji*. Nela nós vemos *A grande onda* assumindo o papel principal da cena, com suas garras neuroticamente afiadas, indo de encontro a pequenas figuras em barcos prestes a serem por ela engolidos. Ao fundo, o Monte Fuji coberto de neve. Acima, um céu ameaçador.

Ao procurar uma imagem para representar este livro, senti na força da gravura de Hokusai a mensagem perfeita que quero transmitir na ficção. Sob a normalidade pacífica da vida comum e corrida, pode surgir uma *grande onda* crescendo nas nossas entranhas, pois todos temos neuroses, em sua maior parte sufocadas e enterradas em local profundo do ser. Essas neuroses podem, de repente, aflorar e nos engolir, nos enlouquecer momentaneamente. Por outro lado, *A grande onda* representa também todos aqueles fatos que fazem parte do nosso cotidiano que não são ditos nem falados abertamente, a não ser nos consultórios dos psicanalistas. Nossas vidas são normais? O que é ser normal? E por que queremos tanto estar nessa linha tênue da normalidade?

A minha concepção contagiou Bruna Lima e Yves Ribeiro, da Editora Laranja Original. A escolha da capa se deve, principalmente, à palavra final dessas duas pessoas sensíveis que captaram a correlação entre a obra de Hokusai e este texto de ficção: uma das imagens mais veiculadas no planeta traz em si, dentre suas várias interpretações, a eventualidade da loucura à espreita em cada um de nós. Porque, afinal, *é normal enlouquecer*.

São Paulo, 28 fevereiro de 2024
Anna Nascimento

APRESENTAÇÃO

A autora deste romance, Anna Nascimento, cresceu em uma família na qual a história e a memória familiar foram transmitidas de uma geração à outra por oralidade, com enfoque invariavelmente feminino de todos os eventos. O gosto pela leitura veio desse legado cultivado até os dias atuais, junto com o amor às artes sob as suas mais diversas formas. Influenciada, talvez, pelas histórias que ouviu, as suas personagens principais são sempre femininas. Pelo menos até agora. O contato com a literatura começou também cedo com a sua curiosidade pela biblioteca dos pais. Em um momento inicial apenas admirava aqueles escritos em grande quantidade nas prateleiras das estantes, para, em seguida, passar a entrar no mundo imaginário das letras impressas ao escolher o que queria ler. Quando começava a leitura de um livro, era difícil parar, e fazia-o, muitas vezes, varando a madrugada. Anna Nascimento pertence a uma geração que escreve desde antes da Internet. Gosta de denominar essa geração de híbrida, pois, embora os livros em formato digital e o modo ágil como atingem o grande público sejam apreciados, os livros físicos são os preferidos pela experiência sensorial do tato e do olfato. Anna só há pouco decidiu publicar os seus escritos, pois considera um ato de coragem expor ao público o que escreve. Dando continuidade a esta decisão, criou um Instagram – @aprontandoumconto – onde publica minicontos, prosa poética, frases, enfim, aquilo que a inspira.

1.

Gostava de acordar de uma noite bem dormida e sem hora para sair da cama. Bárbara lembrava de quando era adolescente ao se espreguiçar ainda deitada. Tão gostoso se esticar e sentir a sensação de relaxamento acompanhada de uma boa expiração. Enquanto ela fazia movimentos que tomavam quase a cama toda, Marcos tomava o café da manhã. Ouvia os barulhos matinais tão típicos dele ao andar na cozinha, esquentar o leite, fazer seu sanduíche. Agora ele devia estar sentado, olhando o celular e comendo. Seis anos de casamento somados a outros quatro de namoro. *Muito tempo*, pensava Bárbara. A sua dúvida era se esperava o marido voltar ao quarto para sinalizar que estava acordada ou se ficava por ali até ele dar a caminhada de todos os dias. Decidiu ficar sem fazer barulho.

Era sábado. Voltou para o seu lado da cama, esperando-o entrar no quarto. Ele, com a porta do banheiro fechada para não a acordar, escova os dentes, depois abre o armário bem devagar, pega o par de meias, o tênis e sai fechando a porta com cuidado, sem fazer barulho. *Ah! Como gosto de ficar sozinha! Mas Marcos dizia que eu falava isso por não saber o que é a solidão de verdade. Será?*

Ele havia perdido os pais aos vinte e dois anos em um acidente de avião. Era filho único. A família tinha um padrão de vida elevado e havia feito um bom seguro em favor dele. Além disso, recebeu a indenização da companhia aérea e herdou o apartamento onde os dois moravam agora, que estava na família desde o avô paterno. Também possuía três ou quatro imóveis alugados. Tudo isso possibilitou a Marcos continuar a faculdade de administração, fazer estágio, uma especialização e conseguir um emprego. O irmão do pai, tio Afonso, sempre esteve por perto orientando o sobrinho, convidando-o a morar com ele, a mulher e os filhos, mas Marcos não quis. Gostava do sossego da sua casa e de toda a memória daquele lugar, que o fazia rememorar a vida com seus pais. Claro que essa opção o fez encarar a solidão de frente desde muito cedo. Mas tinha sido sua escolha. Havia ainda Berê, pessoa que trabalhava para a família há muitos anos, indo duas vezes por semana limpar a casa, lavar e passar suas roupas; fazia também as compras e deixava comida congelada para ele. Conseguiu se organizar e se aprumar depois da perda violenta.

Será que essa solidão tinha sido tão profunda? Se você faz a opção de ficar só, será que vai sentir tanta solidão? A pessoa pode estar sem companhia e não se sentir só ou estar acompanhada e se sentir só. Não existe regra para isso, pensava Bárbara.

Ela gostava de pensar sobre o que ele lhe dizia com tanta autoridade, para questionar e formar o seu próprio pensamento. Achava que se não fizesse isso ia se fundir com ele. Ia deixar de ter existência própria.

Cerca de um ano depois do acidente, eles se conheceram, quando Marcos estava saindo do luto pela morte dos pais. No início, ficaram apenas amigos. Sempre que saiam com a turma na qual se conheceram, acabavam os dois em um canto conversando. Falavam sobre tudo. Riam muito juntos, jogavam papo fora e havia conversa séria. A sintonia foi maravilhosa. Aos poucos, foram se apaixonando. O gostar de um pelo outro foi acontecendo ao mesmo tempo, à medida que iam se conhecendo e admirando o que descobriam. Tinham defeitos, mas nesse início ninguém enxerga muito bem.

Em determinado dia os dois saíram sozinhos. Resolveram tomar uma cerveja em um barzinho diferente, em ambiente aberto. E nessa noite as coisas começaram a acontecer. As mãos se encaixaram, os olhares prolongados acompanhados de um silêncio que dizia tudo. A conversa foi passando das palavras aos gestos, que levaram ao primeiro beijo sob o céu estrelado e uma brisa gostosa que brincava com o vestido de Bárbara ao se entregar àquele amor da mesma forma que Marcos. Eram jovens e jamais pensaram que, no futuro, iriam se casar, pois ainda havia muita estrada pela frente. Ambos queriam cursar uma universidade, conseguir um bom trabalho para depois pensar em casamento. Um dos poucos temas em que divergiam era que Marcos desejava muito ter ao menos dois filhos. Bárbara não queria nenhum. Desde pequena falava isso. Ela não sabia o motivo que levava as suas amigas a ansiarem tanto por esse grande evento. Para ela era sinônimo de prisão, de sofrimento.

Não queria se prender por conta de filho. Sua vontade era aproveitar a vida, fazer o que tivesse vontade. Nada de amarras. Para ela era algo muito simples. Não queria e pronto. Mas não enfrentava o assunto de modo aberto com o namorado com receio de perdê-lo.

Já para Marcos, que havia sido filho único e perdera os pais muito cedo, uma mulher, filhos, gato, cachorro, papagaio, periquito e tudo que vinha junto era o sonho de sua vida. Para ele, o assunto ficou em banho-maria pois tinha a certeza de que, se casassem, Bárbara ia acordar para isso. Era só dar tempo ao tempo. Tudo podia acontecer. Ele costumava dizer a ela:
— Se você tivesse algum problema que tornasse difícil a sua gravidez, aí sim, ia querer muito ter filhos!

Depois de quatro anos de namoro, casaram-se, e ao todo, estavam juntos há dez. Bárbara trabalhava em um grande escritório de advocacia, e sua carreira estava em plena ascensão. Marcos também era competente e havia conseguido alcançar cargo alto em uma multinacional. Saíam bastante. Nas férias, viajavam para lugares diferentes, entre os que queriam explorar. Conheciam-se tanto que, com um simples olhar, sabiam como o outro estava. Não tinham preocupações financeiras. Mas, ultimamente, ele havia voltado com a história de ter filhos: o tempo estava passando e tudo tinha hora. Não queria ser pai com idade avançada, pois não teria a disposição da juventude. Todas as vezes que o assunto surgia, havia a resistência de Bárbara, e em seguida vinham tempos em que o silêncio os separava. Era um desentendimento sem palavras. Uma briga silenciosa.

Esses períodos se tornavam cada vez mais longos. Bárbara começava a ficar preocupada, pois amava aquele homem com todas suas qualidades e defeitos. Sabia ser difícil acontecer um amor desses de novo. Tanto tempo juntos. Hábitos que se incorporaram às suas vidas. Dividir a cama com ele era algo natural. O calor do seu corpo ao lado do dela era um mar de calmaria. Ser acordada por ele para fazer amor, sentir o hálito que se misturava ao seu tornando-se um só, sem qualquer estranhamento. Era o amor que sempre sonhara e se tornou realidade. Os corpos se completavam. Já tinham se habituado aos cheiros de ambos e gostavam de todos como se fossem seus. O ritmo no amor possuía sintonia perfeita, e o gozo acontecia, quase sempre, ao mesmo tempo. Quando ela demorava mais, ele dava um jeito de satisfazê-la. Com ele não havia como ter fingimentos. Os dois se conheciam intimamente na cama, no banheiro, na mesa, nos sonhos de vida. Sabiam até quando uma pessoa era atraente para o outro, e isso os excitava. Faziam sexo dizendo o nome daquela pessoa, até mesmo representando como ela se comportaria. Fantasiavam com a situação e se distraiam juntos, tudo ao mesmo tempo, pois sabiam jamais haver amor como o deles.

Ele gostava de acordar de manhã e passar a perna por cima dela. Era o sinal do que viria. *Não, não quero perder ele! Mas como fazer algo tão contra a minha vontade?* Estavam em dias de silêncio, que ficavam cada vez mais longos e desgastantes. Bárbara sabia chegar um momento de decisão.

Buscou na sua infância e adolescência o motivo de haver tomado essa decisão tão diferente do que as mulheres em geral queriam. Já tinha consciência disso há algum tempo. Não precisou fazer terapia.

Os pais haviam se casado porque sua mãe estava grávida dela, em época de muitos tabus. Logo depois de a ter, a mãe engravidou de sua irmã. Passou a ter de cuidar das duas. Guardava uma memória bem remota na qual estava sentada em um cercadinho de madeira, vendo a mãe com a irmã nos braços, enquanto ela levantava as mãozinhas querendo ir para aquele aconchego também. Mas ficava ali, esperando... A mãe não tinha muito estudo, era uma dona de casa que não trabalhava fora. Já o pai era formado, tinha pós-graduação e precisa viajar muitas vezes a trabalho. Foi crescendo até compreender que o barulho de vozes alteradas eram as brigas dos dois, porque ela o pegava em traições. O pai era muito grosseiro com a esposa, mas jamais a agrediu fisicamente. Não era carinhoso com as filhas. Lembrava da presença dele na casa, mas não havia qualquer interação com ela e a irmã.

Com o tempo, a mãe foi se cansando, conseguiu um emprego e o colocou para fora do apartamento alugado onde moravam. A pensão era paga religiosamente, mas o direito de visita não era exercido por ele. Ouvia a mãe falar dos casos amorosos do ex-marido e depois dos vários casamentos que ele teve. Só muito mais tarde, quando o outono da vida chegou para ele, é que passou a procurar as filhas que não conhecia. Eram as únicas que possuía. Nessa época já estava casado com uma mulher muito mais jovem e simples, que aguentava o gênio forte dele. Foi nesse ponto da vida, já adulta, fazendo faculdade, que ela e sua irmã voltaram a ver o pai. Cátia o rejeitou por completo e não quis mais encontrá-lo. Mas Bárbara procurava compreender aquele pai complicado e distante. Havia contraste com a relação estreita que tinha com a mãe, que lutou a vida toda para criar as duas filhas, colocá-las em bons colégios e ao mesmo trabalhar e fazer tudo da casa, sem ter a oportunidade de casar de novo. Naquela época, uma mulher separada era muito discriminada. Até os avós repreenderam a filha quando se separou, pois achavam que ela tinha de aguentar tudo do marido. *Será que minha mãe havia tido outros homens? O assunto não podia ser falado. Também não quero saber.*

Bárbara foi chegando à conclusão de que queria viver a vida intensamente e não ia colocar no mundo outros seres humanos para sofrerem, como ela e a irmã. Não ia sacrificar sua vida como viu a mãe fazer.

Será que era tão difícil para Marcos compreender isso? Por que ele não pensava assim também? Perdeu os pais tão cedo e ficou sozinho enfrentando a solidão, sofrendo, como ele próprio dizia. Esse já é um motivo para não querer ter filhos.

Mas cada pessoa reage de um jeito. Sua irmã não quis mais contato algum com o pai, casou-se, teve um único filho, e era sua mãe que criava a criança no lugar dela, pois a filha precisava trabalhar. Cátia e o marido tinham de lutar pela sobrevivência e não conseguiam participar sequer de uma reunião escolar. *Valia a pena colocar alguém no mun-*

do para ser criado assim? Bárbara achava que não. Para ela era o absurdo da vida: casar-se, ter filhos, precisar trabalhar e não poder criar os filhos, não estar presente fisicamente, dar carinho, atenção e ter de pagar a outra pessoa para fazer tarefas tão importantes no lugar da mãe. Pelo menos essa despesa Cátia não tinha, pois a mãe delas cuidava do sobrinho. *Sim, o trabalho realizava sua irmã. Será que ela queria mesmo ter tido o filho ou estava cumprindo o rito social?*

Pensou tudo isso em questão de minutos. Levantou-se da cama bem disposta, com vontade de aproveitar o fim de semana com o marido, mas precisava desses momentos para pensar sobre o que quisesse sozinha consigo mesma. Era fundamental para Bárbara.

2.

É claro que a vida não é perfeita. A melhor amiga de Bárbara era Maria Marta, a Martoca, como ela a chamava. Sua amiga era socióloga, mas se entregou ao casamento e sequer trabalhava. Tinha uma filha. O marido, com o convívio, foi mostrando quem era de verdade. Passou a agredir psicologicamente a mulher, gritava com ela, ofendia-a dizendo que era uma incapaz e insultava-a de tal forma que ela não conseguia fazer nada naqueles momentos. Ficava paralisada. Ele fazia com que engolisse as suas palavras por medo. Esse comportamento já durava mais de dez anos. A filha dos dois acordava assustada. A mãe, assim que podia, ia ficar no quarto da criança. Não precisava acontecer nada, bastava que ele acordasse de madrugada e achasse que a culpa era da mulher. Maria Marta era tomada por um sentimento de horror que a deixava entorpecida, como se seu corpo não estivesse ali, como se não fizesse parte daqueles acontecimentos. Sua família não tinha boas condições financeiras, o marido controlava o dinheiro de forma mesquinha, e ela se via em um lugar de fragilidade, sem conseguir enxergar uma solução. As únicas pessoas para quem contava o seu sofrimento eram seus pais e Bárbara.

Depois de alguns episódios de agressão verbal, os beijos entre ela e o marido ficaram automáticos e em seguida quase inexistentes; o sexo também rareava, quase não se olhavam e pouco conversavam. Quando voltava para casa não sabia o que ia acontecer. Isso a deixava na corda bamba emocional o tempo todo. Mas, da porta de casa para fora, o marido era um cavalheiro. Ninguém podia crer que aquele homem teria um comportamento tão agressivo. Maria Marta não gostava dele nem como ser humano. Abominava aquele homem. Mas precisava aguentar o casamento porque não tinha como se sustentar.

E o pior era que depois de todas as ofensas, de todas as violências psicológicas, ele queria fazer sexo. No começo ela cedia, mas a repugnância foi crescendo e ela passou a dizer não. A partir daí a vida sexual deles foi se acabando. Ele começou a achar que ela tinha problema de libido, queria levá-la ao médico, e ela resistia. O problema não era hormonal. Era falta de amor, de bem querer. Era se sentir agredida, fragilizada por ele. Era não amar quem lhe causava tanta dor e sofrimento.

Nessa época, ela decidiu sair daquela situação de qualquer jeito. Quis tentar entrar no mercado de trabalho e se matriculou em um curso de especialização, ao qual ele se opôs, mas o pai dela interveio e as coisas se acalmaram. As aulas eram de manhã cedo, então, o marido não conseguiu criar mais problemas. A filha ficava com uma pessoa de confiança ou com a avó.

Foi nesse momento da vida quando, um dia, ao entrar na sala de aula, percebeu a presença dele – o olhar sonhador, o sol batendo nos cabelos, traços finos, magro. Enfim, sentiu o impacto da sua presença. Durante a aula notou que ele se expressava muito bem e que era muito preparado, competente. Admirou aquele homem. Aos poucos começaram a sair juntos da aula em direção aos carros, conversando. Ficaram amigos, trocaram os números dos celulares. Pensou que ia ficar por aí, mas não. Um dia ele lhe ligou para saber do tema do trabalho de conclusão da disciplina, e foi nesse momento que a conversa seguiu um rumo diferente. Foi paixão. Jamais esperava que aquilo fosse lhe acontecer. Ela que se achava uma mulher tão correta! Os encontros começaram, pela manhã ou pela tarde, de acordo com a agenda dele. Maria Marta passou a viver para aqueles momentos. Estava tão apaixonada que era melhor esperar e não ficar atrás dele. Precisava se controlar. Ficava louca de ansiedade, de saudades quando as reuniões demoravam a acontecer. *Como posso estar fazendo isso?!* Jurava para si mesma que não ia ceder de novo, mas não conseguia se segurar e voltava a encontrá-lo. Estar com ele era tudo que queria. Não apenas faziam amor, como havia muita troca de ideias. Ela já sabia a cronologia de tudo. Ele a buscava, iam ao apartamento dele, transavam com sofreguidão, conversavam e transavam de novo. Só paravam quando tinham satisfeito a necessidade da pele, do cheiro, do amor do outro.

O que acontecia entre eles parecia se materializar só quando ela contava para Bárbara. Era a única pessoa com quem conversava sobre os encontros em detalhes. As duas marcaram de se ver no café do shopping. Marta chegou primeiro, Bárbara logo depois. Em pouco tempo o assunto era a paixão, o amor de Martoca, que estava mais magra e bonita. Todos que a encontravam faziam esse comentário. Disse para a sua grande amiga que praticamente tinha se mudado para o quarto da filha. Dormia com ela quase todos os dias. Não aguentava a presença do seu marido, mas era obrigada a suportá-lo. Como se separar de um homem poderoso e rico? Ela não tinha armas para entrar em luta tão desigual. Também não era uma sonhadora para crer que o seu amor ia largar a família — a mulher com quem estava casado há muitos anos e com quem tinha uma situação estabelecida socialmente com grupos de amigos, além de receber da família dela suporte financeiro para todos os seus projetos. A mulher era de uma família tradicional, muito rica. Mesmo estando apaixonada, Maria Marta sabia

— pressionou e ele acabou confessando — que aquele não era o primeiro caso dele. *Nem seria o último.*

Bárbara ouvia tudo com paciência e refletia se as histórias de amor não eram uma necessidade humana para dar sentido à vida. Projetava-se no ser amado um ideal de pessoa, levando bastante tempo para perceber que tal ideal não existia. Todos são humanos e falhos. Para ela, o que há de real na vida é se deparar com a humanidade de cada um de nós e a finitude. O que se faz entre o nascimento e a morte, a maneira de lidar com esse tempo é o que importa. Gastá-lo sendo infeliz é não viver, era a morte em vida para Bárbara. Mas não podia dizer isso à amiga. Em alguns momentos respondia de modo automático como se dialogasse com Martoca, mas o fazia apenas para não ser rude. Sua cabeça estava tomada por outros assuntos e já tinha ouvido aquela trilha de amor diversas vezes, de várias amigas.

Maria Marta estava enclausurada nela mesma, nos limites, nas paredes aos quais se havia imposto, erguidos ao seu redor ao negar a possibilidade de se separar. Ao constatar de que estava presa a ele e não o amava, buscou, sem perceber, o amor em outro lugar e o encontrou em uma sala de aula. Jogou em Adriano toda a força da sua necessidade de amar, contida, guardada. Ela mesma desconhecia tal lado seu. A paixão conseguiu inclusive desviar a atenção dada à filha, pois a ou deixava na escola, ou com a mãe ou com a moça que trabalhava na casa, ou com quem quer que fosse, para viver os momentos tão sonhados com aquele homem.

Bárbara pensava que Martoca se apaixonaria perdidamente por qualquer um que estivesse naquele dia, naquela hora, naquele lugar com o sol batendo no rosto. Pois ela queria se apaixonar, queria sentir o que estava sentindo, para assim negar a existência do seu marido e matá-lo no sentido figurado. *Esse tal de Adriano se importava com o fato de Maria Marta ser maltratada pelo marido? De isso atingir a ela e à filha? Duvido muito.*

A história de Bárbara e Marcos era um pouco diferente. Ela não estava carente quando o conheceu, era jovem, sem filhos, prosseguiu nos estudos e, àquela altura, era uma mulher independente. Agora, depois de tantos anos, conhecia as fraquezas e as fortalezas daquele homem e ainda o amava. Sem sofreguidão, sem desespero, com a segurança de que ele era seu. Pelo menos, quando estava com ela, estava inteiro. De corpo e alma. Sabia disso. Conhecia seu marido o suficiente para saber quando ele não estava ali, com ela. Ela, naquele momento, não estava com a amiga no café, ouvindo sua história repetida, e Martoca pensava que sim. Na verdade, todo aquele amor que ficaria para sempre nas entrelinhas da vida da amiga a fazia refletir como aquilo era sem sentido. Maria Marta estava paralisada em um casamento infeliz e embarcava um amor sem futuro. *Será que estou também bloqueada no meu casamento? Marcos quer filhos e eu não quero. Sei que não vou mudar. Mas ergui o muro do amor verdadeiro em torno desta relação para não sair, achando que vou conseguir enrolar o meu melhor parceiro. Um dia a hora da verdade vai chegar e pode não estar longe. Até onde vou conseguir levar o meu casamento?*

No final da conversa, Martoca se sentiu aliviada por poder contar com a amiga, que lhe deu as respostas que ela queria ouvir de forma automática, sem que a outra percebesse. Ambas se abraçaram, fizeram juras de amizade e se despediram.

3.

Bárbara já não conseguia mais fugir do cerco de Marcos, que queria ter filhos de qualquer maneira. Disse que se ela engravidasse, ele ia cuidar da criança, ela poderia viver a vida normalmente, pois se assim não fosse, eles teriam de se separar, e, dessa forma, ele ia procurar se relacionar com uma mulher que quisesse aumentar a família. Nas horas mais graves ambos diziam um ao outro que não haviam omitido suas pretensões.

— Mas como uma mulher não quer ser mãe?! Essa é uma das maiores realizações de uma mulher! Sempre pensei que você fosse mudar de ideia — dizia ele.

Ela fez terapia sozinha, fizeram terapia de casal, e nada.

Chegaram a um impasse. Se ela não cedesse, ia perder o homem no qual projetara um sonho de amor. Não poderia enganá-lo dizendo que havia parado de tomar o anticoncepcional e continuar a tomá-lo escondido. Ele a conhecia demais. *Como tirar essa ideia da cabeça de Marcos? O absurdo de colocar um ser humano no mundo? Para quê? Para sofrer a maior parte do tempo como nós? Sentir angústias? Ir morrendo aos poucos tanto fisicamente quanto pelos sonhos não realizados? Ter de lutar pela sobrevivência e no fim ganhar o quê? Todos morriam mesmo. O que importa é justamente ter uma vida leve entre esses dois pontos: nascimento e morte. Pelo menos na parte da vida que temos algum controle. Como ele não compreende isso?* Nenhum argumento fazia com que ele desistisse do desejo de ser pai. Suas histórias de vida os levavam a conclusões opostas.

Bárbara começou a maquinar uma maneira de deixar Marcos satisfeito e ao mesmo tempo não ter filho algum. Não adiantava ele dizer que ela ia parir e ele cuidar, pois sabia que criaria vínculo com a criança e era isso que ela não queria. Outra coisa: se a vida dele mudasse, a dela também seria impactada. Não é possível mudar o que se sente. Bárbara seria capaz de se violentar e passar por cima da sua vontade? Essa decisão foi se enraizando dentro dela com o passar do tempo de forma profunda.

Estava tão desesperada em manter o casamento com aquele homem que começou a pesquisar na Internet sobre abortos espontâneos. *Posso engravidar dele e depois fazer um aborto. O trauma pode fazer com que ele desista ao ver o quanto ela, aparentemente, sofre com o fato. Mas ele sofreria de verdade. Seria muita maldade? Não, não é não. Vou compensar trazendo muitos momentos de alegria para a nossa vida. Tenho certeza disso*, ela dizia para si mesma naquela conversa que às vezes se tem com a própria alma.

Descobriu um site de mulheres que controlam o próprio corpo. Nesse lugar encontrou a solução — nova para ela mas antiga para a maioria das mulheres —: uma pílula que, tomada nas primeiras doze semanas de gestação, dá início a um processo com aparência de aborto espontâneo. *Será que vou ter coragem de fazer isso?* Decidiu que sim. Queria segurar o casamento tão gostoso e confortável com Marcos. Não conseguia renunciar a isso. Quando deu a ele a notícia que iria engravidar, que havia decidido a ceder a seu apelo, o marido ficou extremamente alegre. Comemoraram e fizeram amor como há algum tempo não faziam. Intimidade e prazer perfeitos.

Foram à consulta com o obstetra. Bárbara fez todos os exames, não tinha problemas para engravidar e parou de tomar o anticoncepcional. O médico os orientou quanto aos melhores dias para que a fecundação ocorresse, mas, acima de tudo, os orientou a levarem uma vida normal, sem pressões, e dali a pouco voltariam para uma consulta para confirmar se ela tinha engravidado.

O período em que tentavam a gravidez foi uma das fases mais felizes para Marcos. Bárbaro achou aquilo incrível e triste ao mesmo tempo, porque não tinha capacidade de satisfazer a vontade do homem que amava. Não compartilhou seu plano com absolutamente ninguém, nem mesmo com Maria Marta. Não queria se submeter a julgamentos. Era uma decisão sua, muito íntima, que já estava tomada. Em alguns momentos ficava com um pouco de pena dele. Mas ele queria mandar na sua vontade, no seu corpo. *Não, não vou admitir isso.*

Passaram-se três meses quando a menstruação de Bárbara deixou de vir. Ela e Marcos esperaram alguns dias para irem juntos à farmácia comprar o teste de gravidez. Deu positivo. Ela ficou assustada, mas demonstrou alegria ao parceiro, que ficou exultante. Foram ao médico. Gravidez confirmada. O médico realizou um ultrassom no próprio consultório; o feto era um pontinho de luz. Dali a quatro semanas, Bárbara acordou muito enjoada, sonolenta e vomitando. Disse ao marido que não ia trabalhar. Ligou para o escritório e avisou do imprevisto. Marcos saiu e ela esperou algum tempo. Precisava de dois medicamentos necessários para o aborto: mifepristona e misoprostol. Não querendo correr riscos e sabendo que a mifepristona era mais difícil de comprar por ser utilizada apenas para o aborto, ela, achando que não iria contar do aborto para ninguém, preferiu procurar, naquele dia, uma médica e grande amiga do tempo da escola que conseguiu os dois medicamentos e a orientou sobre como tomar as pílulas "M".

O misoprostol, segundo essa amiga, devia ser ingerido um ou dois dias depois da mifepristona, que podia ser facilmente encontrada e comprada em farmácias pois era utilizada no tratamento de úlceras. A amiga lhe deu os dois remédios, dizendo que também já havia utilizado.

— Quando você começar a sentir um pouco de dor e iniciar o sangramento, tenha calma, espere algum tempo para que o processo de aborto se instale, pois seu marido vai querer lhe levar para algum atendimento médico de emergência. Não se preocupe. Vai parecer que foi um aborto espontâneo. Você vai dizer no hospital que simplesmente aquele processo começou a ocorrer de uma hora para outra. Qualquer intercorrência, pode me ligar — orientou a amiga.

Naquela noite, depois de Marcos dormir, tomou a mifepristona, uma pílula branca e redonda. Essa pílula bloquearia o fluxo de progesterona para o feto. Dois dias depois, colocou na boca para dissolver as quatro pílulas de misoprostol, um comprimido estranho, com seis lados. A amiga lhe deu uma cartela dos remédios combinados e avisou que às vezes era preciso tomar mais quatro ou oito comprimidos de misoprostol ou cytotec para concluir o processo de aborto, mas os que estavam na cartela eram suficientes. Só a partir do sangramento mais intenso é que ela deveria avisar ao marido. A amiga médica já havia lhe dito que todo o procedimento ia ser avaliado como aborto espontâneo em qualquer hospital e que ela iria expelir tudo sem curetagem. Bárbara estava tranquila com o procedimento. Contudo, a consciência lhe doía.

Bárbara seguiu as orientações da amiga. Numa determinada madrugada veio o sangramento, e ela esperou se tornar bem forte. Acordou Marcos, que ficou muito assustado. Foram para a emergência de um hospital perto de casa. O sangramento tornou-se mais intenso, o médico plantonista avaliou e diagnosticou o aborto espontâneo. Ela ficou internada para acompanhamento. Sentiu dor de cabeça, mas não teve febre. No final do dia, ambos já estavam em casa. Marcos estava pálido e extremamente triste. Bárbara no seu interior estava bem, mas teve de fazer o papel da mulher que perdeu o filho que — após tanta insistência do marido — queria ter.

Ainda assim, ela não deixou de ter alguns dilemas. *Será que eu devia ter feito tudo isso? Marcos não ia desistir de ter uma família tão facilmente. Se eu dissesse que não queria mais passar por isso, ele podia ficar desconfiado, podia querer se separar e ir constituir sua família com uma mulher que quisesse ter filhos. Todo aquele sacrifício iria por água abaixo? Eu teria de repetir tudo de novo? E mesmo repetindo, nada lhe garantia que ele não a deixaria para ter a sua família, pois estava fixado nessa ideia. O que vou fazer?* Bárbara não sabia. Ia deixar as coisas acontecerem.

4.

Bárbara voltou a trabalhar normalmente. O ambiente em casa ainda estava muito triste. Estava desempenhando o papel da mulher sofrida, junto com o marido, pela perda do bebê. Às vezes havia momentos de crise mesmo. Sentia-se uma mulher estranha porque não desejava ser mãe. Todas as suas amigas sonharam e tiveram suas crianças. Apenas Marly precisou recorrer à adoção. Bárbara havia carregado um neném dentro de si e não conseguiu criar qualquer vínculo amoroso com ele. Pior, tinha feito o aborto. Mas o sentimento dela era só o de se achar estranha, pois não tinha arrependimentos. Na verdade, estava aliviada. Não queria aquela criança, apesar de amar profundamente o pai. Uma gravidez ia atrapalhar todos os seus planos de vida. Ela não havia se programado para ter filhos, formar uma família tradicional. Queria casar-se, ter um marido, uma vida profissional e curtir tudo a que tinha direito. Marcos era o seu amor. Ambos tinham o mundo aberto diante deles para todas as aventuras possíveis. Sem filhos.

Ele estava muito triste, mas não havia tocado, ainda, no assunto de tentarem novo engravidar. O médico que a atendeu por ocasião do aborto havia concluído que o mesmo ocorrera de forma espontânea. A gestação ainda estava muito no início. O obstetra, posteriormente, confortou os dois ao explicar que era muito comum a perda do bebê em uma primeira gravidez. Que deveriam esperar algum tempo para Bárbara se recuperar e tentar de novo.

Ela ficou incomodada com aquelas palavras do médico. Começou a pensar em quantos abortos teria de fazer até Marcos se acomodar com a ideia de não ter filhos. Questionava-se se teria coragem de repetir tudo de novo e quantas vezes faria aquilo. *Precisarei fazer vários abortos? Então, o que seria melhor? Se Marcos quiser tentar outra vez, o que vou fazer? O caminho menos desgastante seria o de enfrentar logo o problema de frente?* Não ia dizer que tinha provocado o aborto, mas que a perda do feto fez com que tivesse mais certeza de não querer ter filhos. *Será que ele iria manter o casamento?* Ao elaborar todos esses pensamentos o coração de Bárbara começou a doer, já antecipando a perda de Marcos. Assim tudo o que ela fez não ia adiantar nada se ele se mantivesse firme no propósito de ter filhos. *E não era um só! Seriam pelo menos dois!*

O luto foi por cerca de seis meses. Passado o período, Marcos estava recuperado. Voltou a insistir com a esposa em irem ao obstetra para confirmar se uma segunda tentativa estava liberada. Bárbara ponderou sobre o grande sofrimento pelo qual haviam passado, se já estavam preparados para enfrentar de novo a possibilidade da perda. Marcos, irredutível e carinhoso, disse que ficaria ao lado dela o tempo todo, que enfrentariam tudo juntos como da primeira vez. O obstetra havia dito que era comum perder o primeiro filho, e o desejo de Marcos ter uma família com ela era enorme, pois o filho seria fruto da genética de ambos. Ao imaginar esse laço permanente, Bárbara teve certeza absoluta do que não queria para sua vida: filhos. Também sabia que não ia cometer, de novo, aquela agressão ao seu corpo. *Preciso ter uma conversa definitiva com ele. Se ele insistir, infelizmente vou desistir do meu amor. Ah, que dor! Eu amo tanto este homem!*

Foram ao Dr. Luiz, o obstetra, que examinou Bárbara e disse, ao final, que ela estava liberada para ter o tão sonhado filho com seu marido. Ela ficou arrasada, mas não exteriorizou o seu estado de espírito. Marcos quis jantar no restaurante preferido dos dois para comemorarem. Foi difícil, para ela, sustentar a conversa com ele, que fazia planos para o bebê dos dois. Ela já estava decidida. Não queria e não ia ter filhos. Conversou com ele se utilizando do escape usual para conversas chatas ou difíceis: conversava como se ele não estivesse ali. Foi difícil, mas a dureza mesmo ainda estava por vir, quando lhe dissesse que o sonho dele não iria se realizar naquele casamento.

Os dois voltaram para casa e foram dormir. Ela demorou a pegar no sono, sentindo-se ansiosa e triste. De repente se viu numa casa grande de barro, cheia de portas e pouco iluminada. Procurava a saída. Não encontrava. Via passar do outro lado das diversas portas ora uma mulher, que parecia ser sua mãe, ora uma criança de vestido. Quando corria atrás de uma ou da outra, não conseguia alcançá-las. Não apareciam juntas. Ficou nesse corre-corre, por achar que elas lhe mostrariam a saída da casa, que cada vez ficava mais escura. Ao ir atrás delas, encontrava o lugar sempre vazio. Subitamente estava numa rua. Era dia. Começou a andar pelo asfalto, subindo, em seguida, no passeio. Quando surgia um poste, sem saber o motivo, a haste de cimento atravessava-a, dividindo-se em duas, para, logo em seguida, voltar a ser uma. O sonho se repetiu infinitamente até Bárbara acordar de madrugada, sofrendo. *O que significa esse sonho? Seria bom fazer uma terapia para descobrir. Não, não tenho tempo para isso. Tudo é reflexo daquilo que estou vivendo. A mulher deve ser minha mãe, que precisou me deixar no cercadinho para cuidar de minha irmã. A criança é o bebê que jamais irei ter, e o poste, a encruzilhada em que me encontro. Vou enfrentar um momento de impasse e depois vou voltar a conduzir minha própria vida, fazer o que eu quero. Pode ser simplista a minha interpretação, mas é o que penso. Se eu fosse a um psicanalista, com certeza, ele iria extrair muito mais desses símbolos. Vou voltar a dormir. Amanhã tenho de trabalhar.* Demorou, mas conseguiu dormir de novo. Acordou com ressaca de sono.

Passado algum tempo, no fim de semana, Marcos, na mesa do café da manhã feito por ele, perguntou:
— Você já parou de tomar o anticoncepcional?
— Não, ainda estou tomando.
— Mas por quê? Pensei que já íamos começar a tentar uma segunda vez logo. Dr. Luiz nos liberou.
Um silêncio pesado caiu sobre os dois. Bárbara não soube como dizer ao homem que amava que não queria ter filho algum. Era a verdade e pronto.
— Marcos, eu sempre lhe disse que não queria ter filhos. Sim, eu sabia que você queria ter, mas acho que ambos pensamos que, com o tempo, iríamos convencer o outro do contrário.
Marcos olhava para ela de forma atenta e com raiva.
— Mas você mesma não quis ter um neném?! Você não engravidou?! Só que aconteceu o aborto…
Bárbara tinha vontade de gritar, de dizer a ele a plenos pulmões que o corpo era dela, que jamais quis ter filho algum, que tudo aquilo fora uma farsa para ele esquecer a ideia. Uma farsa que não deu certo. E não queria falar do aborto.
— Sim, Marcos eu cedi à sua vontade, engravidei. E o aborto me deixou muito traumatizada e me fez ver que realmente não dá. Eu não tenho o instinto maternal que a maioria das mulheres têm. Não adianta forçar a barra. Não vou conseguir ter um filho.

Pela primeira vez na vida Bárbara viu Marcos perder a cabeça. Ele gritou, chamou a mulher de fria, sem bons sentimentos:

— Isso vai acabar com o nosso casamento. Você deveria ter dito logo como estava se sentindo depois do aborto. Você é uma dissimulada mesmo! Só quer saber de trepar, trabalhar, ganhar seu dinheiro e levar sua vida sem se importar com quem está ao seu lado! Como me enganei! Uma mulher fria, egoísta e narcisista! Nosso casamento termina por aqui. Procure um homem que lhe aceite como você é.

Ela nunca esperou um dia ouvir tais palavras dele. À noite, ele dormiu no sofá da sala. Foi a primeira vez que isso aconteceu. Ela ainda tentou conversar, mas foi informada pelo marido, de forma muito racional, que haviam chegado ao fim da estrada, que o apartamento em que moravam era dele por ser herança dos pais, que ia procurar um advogado e era melhor ela procurar um lugar para morar. Naquele dia, Bárbara se jogou na cama e chorou muito até pegar no sono.

5.

Bárbara alugou um apartamento em um bairro próximo do trabalho. Era preciso ser prática. A separação de Marcos havia sido sofrida, mas sem brigas. Tudo civilizado na aparência, mas tormentoso emocionalmente. Como ela se mudara para o local de moradia dele, que tinha praticamente tudo e só haviam mudado um pouco a decoração, saiu com poucas coisas. Ele foi paciente com o fato de ela precisar alugar um apartamento e comprar um mínimo para poder viver, como cama, fogão, geladeira, máquina de lavar. O imprescindível para o cotidiano. Na parede para a qual olhava, havia alguns quadros comprados durante o casamento e dos quais gostava. O espelho também era seu, comprado em um antiquário cinco anos antes. Estava se acostumando àquela nova vida. Era a primeira vez que morava sozinha. Um sentimento de estranheza se apoderou dela, mas se diluía com o tempo.

Havia encostado na parede da sala oposta à da televisão um colchão de solteiro. Lembrava-se de que, quando era adolescente, sua mãe, recém-separada de seu pai, havia feito isso. Passavam os fins de semana assistindo a filmes, comendo doces, pipoca, até as refeições faziam ali. Era muito bom.

Estava reproduzindo isso em sua casa. Passava os fins de semana assistindo a filmes, comendo besteiras, deitada ou sentada no colchão com as costas encostadas na parede ou deitada nos travesseiros. Deixava uma coberta dobrada ao seu lado, caso precisasse. Adorava aquilo. Escolhia os filmes que queria assistir. Às vezes cochilava ali e dormia até o dia seguinte. Quando acordava com o dia claro, tomava um susto. *É bom ficar sozinha, sim. Estou gostando da experiência.*

Os dias foram passando, e ela ia para o escritório de advocacia, malhava na academia no final do dia e voltava para casa. Fazia sua comida, lia, assistia ao noticiário e ia dormir. Na academia, havia uma pessoa ou outra com quem conversava sobre musculação, alimentação, esse tipo de assunto. Mas a verdade é que não tinha ninguém para trocar ideias sobre o que estava sentindo com a separação, se tinha realmente tomado a decisão que lhe satisfazia. Ela sentia a perda de não ter com quem conversar sobre a rotina do trabalho, as nuances de seus sentimentos, enfim, tudo aquilo que falava com Marcos, que havia compartilhado com ela uma intimidade de corpos, ideias, de alma, algo raro e precioso. Ao desligar tudo para dormir, o apartamento ficava em absoluto silêncio. Quando era solteira ou durante o casamento, não notava isso. Uma vez ou outra conversava ao celular com a irmã, a mãe ou Maria Marta. Mas não podia demorar muito tempo nas ligações. Todas estavam sempre ocupadas com alguma coisa. Ninguém gosta de ouvir os problemas dos outros. Ela sabia disso e procurava falar sobre notícias, comida, onde estivera, enfim, assuntos amenos. Mesmo com a mãe. A única que se dispunha a ouvir um pouco seus problemas, um dia ou outro, era Martoca, mas precisavam marcar uma hora para se encontrarem. O marido da amiga não admitia que a mulher demorasse ao telefone.

Ela não sabia mais como paquerar, como ou com quem ir à balada. Uma vez lhe falaram de um aplicativo de relacionamentos. Resolveu tentar. Era cada cara que não tinha nada a ver com ela. Nem adiantava sair. Um dia, depois do trabalho, resolveu entrar em uma livraria que tinha um café muito gostoso. Como as mesas estavam lotadas, ficou no balcão. Foi aí que surgiu Davi, um homem interessante. Um pouco mais velho que ela, separado, tinha filhos e estava em um bom emprego. Estava sentado ao seu lado e puxou conversa. Bárbara deu seu número de celular a ele, que passou a lhe ligar religiosamente todas as noites. Mas os seus assuntos prediletos eram a ex-mulher e os três filhos. Dava tudo para eles e vivia uma vida supersimples. Só podiam sair para lugares onde se gastasse pouco. Viagem? Nem pensar! O engraçado era que, quando estavam juntos e a ex-mulher ligava, quando acabavam de falar, ele tinha sempre uma crise de gagueira:

— É, é, é, era ela!

Era hilário! Bárbara só teve paciência para ele por três meses. Concluiu que David ainda estava casado com a ex-mulher sem saber. Ela inventou que havia se matriculado numa pós-graduação superpuxada, cujas aulas eram presenciais, à noite, depois do trabalho e foi se afastando até ele perceber sua falta de interesse, pois não atendia mais às ligações dele, e sumir. Não chegaram a ter nada.

Enquanto isso, Martoca vivia a sua paixão alucinante contando-lhe os detalhes mais fervorosos do seu caso, afirmando que ia se separar do marido. Não falava mais da filha. Um dia chegou se debulhando em lágrimas. O seu amor ia se mudar de cidade, e eles não poderiam mais se ver. Achava que a mulher dele tinha encontrado alguma coisa e passou a desconfiar do caso deles. Precisava se afastar de Marta, pois não ia trocar a sua família e todo o entorno proporcionado pela mulher por ela, que não era rica, tinha uma filha e não trabalhava. Bárbara ouviu um episódio que guardou na memória e demonstrava mesmo que ele a amava. No fim de semana o brutamontes do marido de Maria Marta quis transar com ela, que não conseguiu se desvencilhar da 'obrigação marital'. Na segunda-feira encontrou Adriano, a sua paixão. Quando entraram no quarto começaram a se beijar e agarrar. De repente, ele parou e perguntou:

— Você teve alguma coisa com ele no fim de semana?

Ela respondeu que sim, quase chorando, que o marido forçou muito a barra, e ela ficou com medo de ele ficar ainda mais desconfiado de que ela estava amando outro homem. A fisionomia dele ficou triste. Os dois não conseguiram fazer mais nada. Ficaram deitados na cama, abraçados a tarde inteira.

Para Bárbara era bom ouvir a amiga, saber das suas vivências. Mas sentia falta de alguém que a ouvisse também. As pessoas só querem falar de si e dos seus problemas, não querem saber da vida dos outros. Martoca era assim. Já sua mãe tinha alguma percepção de que a filha precisava falar, ser ouvida. No entanto, não sabia o que dizer. Suas respostas eram sempre as mesmas, no sentido de que as coisas iam se resolver, que desse tempo ao tempo.

Bárbara sofria porque ainda amava e queria Marcos ao seu lado. Mas sabia ser impossível. Não ia renunciar à decisão, da qual estava tão convicta. Parecia daquelas historinhas: João gosta de Maria, que gosta de José, que gosta de Tereza, que gosta de João. Ou quando era adolescente, que saía com uma amiga e cada uma gostava do rapaz que tinha se interessado pela outra. Bárbara ria interiormente. *Nos últimos tempos, conversar comigo mesma tem sido ótimo. Acho que preciso mesmo é de um terapeuta para me ouvir e de vez em quando soltar um grunhido, falar alguma coisa que mais tarde vai fazer com que eu tenha um insight. Será? Não, não estou disposta a gastar esse dinheiro. Agora tenho outras prioridades...*

Passava por momentos de turbulência interior que não dividia com ninguém. Muitas vezes se achava uma fraude no trabalho, na vida. Escolheu a profissão de advogada movida por ideais de justiça social e o que fazia era enriquecer em um bom escritório de advocacia. Gostaria de ter optado por uma profissão que não trabalhasse tanto com conflitos de interesses. Era muito cansativo. Petição, recurso. Brigas de família, brigas empresariais. Alguns processos deveriam ter um ritmo lento com a interposição de vários recursos. Já em outros ela tinha de fazer tudo para andar rápido, porque era o interesse do cliente. Estava cansada de prazos processuais a serem cumpridos todos os dias da semana! Fora isso, ao voltar para casa, estava oca por dentro. Parecia que seus sentimentos haviam minguado com o casamento. Como não havia com quem trocar ideias, demorava cada vez mais no trabalho – onde havia concorrentes, e não amigos – e na academia de ginástica, encontrando os professores e conhecidos que só conversavam amenidades, o que era normal e lhe fazia bem.

Começou a criar caraminholas na cabeça de que seu chefe no escritório a estava perseguindo, passando para ela um número maior de processos que para seus colegas e que todos a olhavam com desconfiança e faziam troça dela pelas costas porque era uma solitária. Enfim, o seu imaginário estava a todo vapor. Muitas vezes buscava na Internet cursos de filosofia para ver se encontrava algum sentido para a sua vida. *Será que é só isso mesmo? Nascer, lutar pela sobrevivência, ser educada, se tornar um ser racional e sociável, fazer faculdade, namorar, casar, ter filhos, viajar quando der e ir caminhando para a morte sem ter consciência desse papel que desempenhava? Até quando vou aguentar isso? Vale a pena?* Era uma conclusão à qual não chegara, mas achava que, por ter aprendido primeiro a sobreviver quando era bebê, esse seu instinto dificilmente seria superado por qualquer outro. O seu instinto de sobrevivência era muito forte. Aprendeu pequena quando era deixada sozinha no cercadinho, ou antes mesmo disso, quando a mãe a amamentou. Sim, queria viver, mas de forma autêntica, em harmonia com o que sentia. Era difícil, mas Bárbara ia lutar para conseguir.

4.

Em determinado dia, Bárbara acorda com o celular tocando. Era sua irmã. A mãe tinha sido internada. Havia tido um derrame cerebral. Bárbara se arrumou às pressas e foi para o hospital. Lá chegando encontra Cátia, que lhe diz que a mãe está na UTI em estado grave. As duas se abraçam e choram de forma comedida, educada, pois estavam no hospital, e a mãe as tinha ensinado a agir dessa forma.

Depois do horário de visitas, foram à lanchonete do hospital comer algo e conversar. Desoladas, ambas sentam-se apoiando os braços sobre a mesa, segurando a cabeça com as mãos. Estavam chocadas. Ficaram assim durante um tempo até o atendente se dirigir a elas e perguntar o que queriam. As duas pediram água, café com leite e pão de queijo. Em seguida conseguiram se olhar diretamente. Estavam com expressões de dor, o rosto molhado pelas lágrimas.

— Cátia, o futuro chegou! — Bárbara não tinha um bom pressentimento em relação à recuperação da mãe. — Tudo aquilo de que tínhamos medo, de nossa mãe ter um acidente, morrer, ficar doente, acho que vamos enfrentar a partir de agora.

Cátia, assentindo com um movimento da cabeça, voltou a chorar. Confidenciou à irmã sobre o filho ter lhe dito se achar mais filho da avó que da própria mãe.

— Foi terrível ouvir aquilo dele!

Mas na verdade quem o havia criado até o momento tinha sido a avó mesmo.

— Nossa mãe me disse que, quando se olhava no espelho, tomava um susto com a figura que via, pois se sentia ainda como uma mulher de trinta anos. Dizia que a idade estava na cabeça, e não no corpo. E que nos seus sonhos a mãe, o pai, as tias apareciam jovens! — disse Cátia. — E mesmo assim teve o derrame, ficando entre a vida e a morte. Nem lá, nem cá. Entre os dois mundos. Como será se sentir assim?

— Não sei — respondeu Bárbara, depois de calar-se por um tempo. — Mas, se um dia vivenciarmos isso, saberemos. Não sei qual é o melhor tipo de morte, se a súbita ou se aquela que nos dá um tempo entre as duas esferas. Mas não sabemos se ela vai morrer! Deve ser uma droga morrer...

Durante a primeira semana, as irmãs ficaram em tempo integral no hospital. O médico não dava boas notícias. O derrame cerebral tinha sido extenso. No período seguinte passaram a ir apenas no horário de visitas. Marcos apareceu. *Como ele soube?*, Bárbara pensou mas não perguntou. Ambos se falaram e conversaram um pouco, sem maiores intimidades. Ela ficou arrasada. Ainda gostava dele. Pensou se ele teria percebido isso quando olhou nos seus olhos. Os dois se conheciam muito. Ela o achou mudado. Já devia estar engatando algum relacionamento. Ainda parecia que ele era da família.

Para as duas irmãs era extremamente duro ver a mãe inconsciente, entubada, em uma cama de hospital, com todos aqueles fios. As máquinas às quais estava conectada faziam um barulho sincronizado o tempo todo. Quando chegavam em casa aquele som ecoava em suas cabeças.

Houve um dia em que encontraram a mãe com um rabinho de cavalo no alto da cabeça, amarrado com um pano finalizando com um nó.

— Uma falta de respeito fazer isso com uma senhora! — falou Bárbara para Cátia. Não reclamaram com a coordenação da UTI, simplesmente tiraram o laço de fita. Tinham medo de que a maltratassem na ausência das duas.

Conversavam muito sobre a mãe, lembravam dos momentos felizes da infância que ela lhes havia proporcionado: o esforço que fez para criar as duas e como gostava de brincar ou de assistir às duas em atividades lúdicas.

— Nossa mãe foi uma guerreira e nem falava disso! — diziam.

O pai foi ao hospital, esteve com as filhas, mas não quis ver a ex-mulher. Foi a primeira vez que viram um sinal de atenção dele para com a mãe depois da separação.

Em determinado dia, o médico teve uma conversa com as duas explicando quão delicado era o quadro da mãe. Ele lhes disse que elas deviam se preparar para o pior.

Depois dessa conversa, Bárbara começou a sentir uma angústia enorme. Quando entrava para ver a mãe, conversava com ela baixinho, fazia carinho nos braços, na cabeça, da mesma forma que Cátia.

— Eu me preparei tanto para esse momento, li, estudei filosofia, fiz aulas sobre esse processo de partida, mas não estou pronta. Se ela partir, vou ter de aceitar, é óbvio. Mas como será a vida sem ela? Estou cada dia mais convicta de que ter filhos é um ato de egoísmo. Depois vem a morte, e eles ficam com a dor — falou Bárbara. — Pior, ainda, quando o filho parte antes.

O grande problema é saber se depois da morte existe algum tipo de vida. Se não tiver, ótimo, a pessoa não estará lá. Mas e se tiver? Como será esse outro plano de existência? Era difícil para Bárbara lidar com isso. Já Cátia era muito religiosa, achava que a mãe era uma santa, que havia vida depois da morte e que ela iria para o paraíso. Mas a palavra paraíso era também nome de cemitério, pensava Bárbara.

Em um domingo as irmãs receberam o telefonema comunicando que a mãe teve um infarto, foi ressuscitada e muito provavelmente não passaria daquele dia. As duas passaram o dia no hospital ao lado dela, fazendo carinho. Em silêncio. Não queriam conversar. Queriam estar com aquela que lhes trouxe ao mundo. Como essa relação era atávica para as duas. Por fim, saíram do hospital por volta das 21 horas, pois ela havia melhorado.
— Deve ter sentido nossa presença — falou Cátia para Bárbara. Ela acreditava mesmo nisso.

Passaram-se mais alguns dias e ligaram, de novo, do hospital, dessa vez apenas para Bárbara, informando que a mãe havia falecido. Ela ficou com a terrível tarefa de dizer à irmã. Falou com poucos rodeios, porque as duas já esperavam por aquele desfecho.

Foram para o hospital. O corpo da mãe estava na UTI, em cima de uma maca, em um local que era passagem para qualquer um. Outro desrespeito com a pessoa morta e sua família. A morte é um ato íntimo naquele primeiro momento. As duas abraçaram o corpo e choraram silenciosamente. Nessa hora, apareceu um enfermeiro perguntando se haviam trazido as roupas para vestir a mãe e se já haviam contratado uma empresa funerária. Cátia trouxe um vestido preto, e Bárbara de casa mesmo entrou em contato com uma empresa de serviços fúnebres. Colocaram a mãe em um local reservado, onde as filhas trocaram as vestes da mãe. De repente, Bárbara olhou para o rosto da morta, que estava com os olhos abertos e rachaduras na pele que os envolviam, parecendo terem se tornado de vidro. Ela tomou um susto e colocou as mãos sobre a boca. Teve vontade de gritar. O que significava aquilo? Não tinha coragem de perguntar. O enfermeiro, percebendo o assombro, fechou as pálpebras da morta.

Acabaram de vestir a mãe, e chegou a empresa funerária. Foi duro terem de se afastar do corpo e só encontrá-la no cemitério. Lá chegando, as duas só tinham olhos para a mãe, e a falta dela já se fazia presente. Nem conseguiam responder direito às perguntas de como queriam que tudo ocorresse.

Cátia levou a maquiagem da mãe. Estava lendo um livro sobre como os arqueólogos haviam encontrado as tumbas dos faraós no Egito com os corpos embalsamados, ornamentados com joias e tendo ao lado oferendas para os deuses. As máscaras mortuárias das tumbas com o formato de rostos maquiados lhe deixaram uma profunda impressão. *Não quero que as pessoas vejam minha mãe sem maquiagem. Ela não ia gostar. Então, vou maquiá-la*, pensou Cátia e assim o fez com a ajuda de Bárbara. Passaram base, pó, pintaram a sobrancelha e colocaram um batom cor de boca. Pronto. Ela agora podia receber as pessoas que iam dar os pêsames à família.

Marcos foi ao enterro da ex-sogra. Bárbara tomou outro susto, porque lhe haviam dito que ele estava de namoro sério com uma mulher do trabalho. Ele chegou sozinho, cumprimentou todos os familiares e até ajudou a carregar o caixão.

— Estranho. Não esperava nem que ele aparecesse — disse Bárbara para a irmã. Parecia a cena de uma peça de teatro. — *Tudo na vida é uma encenação* — pensou.

As duas acharam fácil ver fecharem o caixão. O difícil — e inesquecível — era a imagem do olhar vítreo da mãe. Aquilo as pegou desprevenidas. Um detalhe pequeno parecia ter retirado sua humanidade no último minuto. É porque o olhar diz tudo: a alma do ser humano está contida ali, embora às vezes possa ser enigmático, frio ou sem demonstração dos sentimentos. Para ela, olhar nos olhos da mãe era confirmar a presença do ser humano que a havia gerado. Achava que os olhos naquele momento estariam fechados e ela os imaginaria como sempre foram. Mas não, o que ali estavam eram olhos de vidro, rachados. Não era mais um ser humano morto. Era uma boneca de olhos de vidro rachados.

— Será que vamos conseguir dormir? — perguntou à irmã.

D. Genuína sempre disse às duas filhas que queria ser cremada, que não deixassem seu corpo sozinho antes da cremação e que deixava para elas escolherem o local onde jogariam suas cinzas. Ela sempre externou horror à morte. *Mas é o fim de todos nós. Não adianta temer, lamentar. A finitude vem e nos leva, sem explicação. Muito difícil* — era o que Bárbara achava.

Por fim, a cremação aconteceu, e sete dias depois, as irmãs foram buscar as cinzas da mãe. Momento também doloroso.

— Onde vamos jogar aquilo que restou dela? — perguntou Cátia, pedindo à irmã que deixasse os restos mortais com ela para guardar em casa, enquanto as duas decidiam onde espalhá-los. Bárbara concordou.

Cátia além da dor da perda da mãe, passou a ter um sério problema: não teria com quem deixar o filho. Como encontrar alguém confiável como sua mãe? Ia ter de achar um meio e se adaptar à nova realidade. A solução foi colocar o filho em tempo integral na escola e fazer um rodízio com o marido para buscá-lo no final do dia. A vida passou a ser bem mais dura para Cátia, pois a criança estava habituada com a presença e os cuidados avó, e ela, praticamente, só ficava com o filho aos fins de semana. Passou a compreender melhor os motivos que levaram Bárbara a optar por não ser mãe.

7.

Muitas imagens, fatos, acontecimentos povoavam a mente de Bárbara, havia muito a digerir antes de dormir. A morte da mãe, o olhar de vidro, o sofrimento seu e da irmã, a presença de Marcos, as palavras ditas e não ditas pelas pessoas ali presentes. Tudo mexendo e remexendo com seus sentimentos. A cabeça atordoada com inúmeros pensamentos que se cruzavam. *Por isso não gosto mais de eventos, de encontrar muita gente. Tem sempre uma frase, uma palavra que me toca e vira pensamento fixo, sofrimento. Hoje eu queria ter vivido a morte da minha mãe apenas com Cátia.*

Suava frio, a cabeça doía, tremia. O corpo inteiro tremia. Estava sem forças. Deitou-se no colchão da sala, ao lado um copo de água, que bebia aos poucos. Não sentia fome e comera quase nada ao longo do dia. Pensou que devia se obrigar a se alimentar. *Só pode ser fraqueza o que estou sentindo!* Conseguiu se levantar a duras penas. Molhada de suor, foi para a cozinha se apoiando na parede. Lá chegando viu que havia bananas e maçã. Resolveu comer uma banana. Ao dar a primeira mordida, um enjoo tomou conta dela. *Não, não vou conseguir comer nada. O que será isso que estou sentindo? Preciso me deitar. Vou voltar para o colchão da sala, pois esta roupa está suja e não dá para tomar banho. Preciso me recuperar.*

A sensação de Bárbara era a de que ia morrer, como a mãe. *A morte não dá aviso-prévio*, pensava consigo mesma. Achava que se havia acontecido com D. Genuína de forma tão abrupta também aconteceria com ela. Tinha certeza de que teria um derrame como a mãe ou que estava com câncer em estágio avançado, era aquilo que provocava o mal-estar.

— Sim, são sintomas de alguma doença que estou! Meu Deus! Será que vou morrer aqui sozinha? Quando vão encontrar meu corpo? Quem será a primeira pessoa que vai sentir minha falta? Será que já estarei em decomposição quando se lembrarem de mim? — falou desesperada sem que ninguém pudesse ouvi-la.

Foi tomada pela aflição. Respirava agitada, a boca seca, seu coração batia forte e em descompasso. Suava muito, sentia enjoos horríveis. Veio a vontade de vomitar. Tentou se controlar ao máximo, em vão: vomitou bílis no chão do apartamento. Foi o ápice daquela crise nervosa e existencial. A partir dali, começou a se sentir melhor. Conseguiu se levantar, tomou um banho. Foi à cozinha pegar o material de limpeza e dirigiu-se para a sala. Depois de limpar tudo, lembrou que havia sopa congelada. Enquanto o micro-ondas esquentava a sopa, foi ao quarto pegar um álbum de fotografias.

Olha as fotografias de sua infância ao tomar a sopa. Muitas fotos com a mãe, a irmã, algumas primas e tias. Pouquíssimas com o pai. De repente, as imagens de sua mãe começam a ficar desbotadas, cada vez mais. Ao chegar no fim do álbum, só consegue enxergar um vulto onde a figura de D. Genuína devia estar. *Devo estar muito afetada com a partida de minha mãe. Ou será que enlouqueci? É normal enlouquecer. Vou dormir para ver se tudo isso passa.* Sorri consigo mesma, um sorriso nervoso que só ela enxerga, escova os dentes e vai para a cama. O sono a pega de surpresa. Estava esgotada.

De repente está numa ilha rodeada de um mar azul-turquesa e o céu cheio de olhos vermelhos flamejantes. Em metade da ilha chovia. Na outra o sol estava a pino. Um vestido branco transparente cobria-lhe o corpo. Procurava esconder suas partes com as mãos, mas havia um ímã que as tirava. Ficava exposta àqueles olhos que a queimavam por dentro e por fora. Às vezes gostava. Outras não. Cansava de tanto gozo. Só tinha areia branca e um coqueiro no meio. Bem em pé. Sem um coco, sem água para beber. Sua garganta estava seca. Ia para o lugar da chuva delirante que caía e subia. Nesse vai e vem conseguia se molhar, abrir a boca e alguns pingos transformavam-se em água doce. Algumas vezes era aquela carne branquinha fininha que ficava dentro do coco. Não podia dizer os nomes dos maus pensamentos. Não podia pensar nesses nomes. Nenhum deles. Mas pensava. Ficavam presos na cabeça e na garganta. Os olhos invasores começaram a queimar sua veste alva que foi, aos poucos, se transformando em nada. Subitamente estava ali, exposta. Foi para a água que caía do céu e subia da terra. Penetravam por todos os seus orifícios gozantes e não gozantes. O que era aquilo? Será que engravidaria? Sim, sim. Dali a algum tempo a barriga começou a crescer redondinha, ia ser menina, ia ser menina. Queria a menina. Olha em direção aos olhos flamejantes. Todos eles, direcionaram raios lasers para o seu ventre inchado, e ele foi se esvaindo, murchando, indo embora. Não vinha mais a menina, não vinha mais a menina. Estava só. Só. A barriga doía. O sangue escorria entre as pernas. O corpo todo em frenesi. Aquilo não acabava mais. Dentro do sonho ela estava em um parque com muita grama e uma montanha que ela subia com muito esforço. Estava toda inchada e entorpecida. Os dedos das mãos não conseguiam se tocar. Antes de chegar ao cume precisou se sentar no chão íngreme para descansar. Quando olhou para o lado viu que não estava só. Sua mãe está ali. Nesse momento acorda do sonho. Volta para a ilha a explodir de angústia. *Por quê? Por quê?*, foi o que pensou sonhando.

Bárbara abre os olhos aliviada e vê o dia amanhecer. O tempo da vigília é diferente do tempo do sono. Não combinavam em nada. O minuto, a hora do sono duravam o quanto o sonho determinasse. Às vezes em câmara lenta, outras muito rápido. Não havia como comparar.

Já era dia. A noite passou tumultuada e em alguns segundos naquele faz de conta absurdo. Quando era assim acordava cansada. Levantou-se sem saber o que ia fazer. Não gostava da sensação de estar ocorrendo o imprevisível, pois devia ir trabalhar se sua mãe não tivesse partido.

À janela do apartamento, constata que a vida lá fora segue o fluxo normal. Carros na rua, pessoas andando no passeio para pegar o metrô ou o ônibus. E a vida dela tinha parado na morte de sua mãe. Tudo ali dentro estava estagnado na dor da perda, no medo de ser surpreendida pela sua própria morte. Também tinha horror de enlouquecer. Mas quem é normal nesse mundo? Só se for alienado, o que é uma anormalidade também.

Quem é tocado, derrubado momentaneamente pelos revezes da vida fica com algo fora do lugar dentro de si, carregando essa alteração para sempre. *Sim, é isso! Como vocês podem estar vivendo normalmente aí fora?! Minha mãe morreu, escafedeu-se, partiu, sumiu. Não irei mais vê-la. Eu posso morrer a qualquer momento, vocês também. É uma tragédia! A vida não é mais normal.* Mas era sim. Tudo precisa continuar. A humanidade precisa ser assim. Depois do enterro, todas as pessoas voltaram a fazer o que costumavam fazer. Talvez só ela e a irmã carregassem dentro de si o sentimento de que estavam suspensas no ar pela dor. Bárbara ligou para Cátia, que não tinha dormido, e as duas conversaram aquilo que só as duas entendiam no momento. A morte da mãe as aproximou. As duas se falaram nesse e em todos os dias seguintes. Voltaram a ser as irmãs de quando pequenas. Juntas, muito juntas. Enlouquecidamente juntas.

8.

Bárbara precisou de um tempo de luto interior para poder se refazer — achava que jamais voltaria a ser inteira. Em seguida, procurou levar a sua rotina da forma mais normal possível, mesmo sabendo que por dentro algo se arrebentara, se quebrara. Não enxergava mais a vida com os mesmos olhos. Passou a ter muita ansiedade, o que a levou ao médico e ao ansiolítico diário. Não foi apenas a morte da mãe que lhe deixou assim, foi uma profunda consciência de que quem está vivo está sempre próximo da finitude, de que a morte poderia mesmo pegá-la de repente.

Lembra-se de uma amiga que havia falecido e de outra, da mesma roda de amizades, falando que, se a pessoa sai de casa para fazer alguma coisa e esquece de lavar a calcinha do banheiro, de repente aquele ser morre, parte e não volta mais, e a calcinha suja fica lá. Sua intimidade está ali, exposta. Quem vai pegar, quem vai lavar? É como se tudo que a pessoa fez na vida perdesse o sentido no momento da sua morte e ela ficasse escancarada em uma vida que não mais existia por conta da peça do vestuário que não lavou. *Ou será que esse espaço vazio que a morte deixa é o que a vida é? Não, não. Vou dar um novo sentido à minha vida. Vou realizar os meus desejos. Mas que desejos tenho? Não sei. Preciso aprender a reconhecê-los dentro de mim. Como isso é difícil. Terei de atravessar várias camadas psicológicas de dissimulação, de apreensão do que os outros esperam de mim, da satisfação que penso ter de dar a todos à minha volta e do medo de ser julgada. Esses que não vivem a minha vida, minhas dores, meus sofrimentos, não pagam minhas contas não vão estar no caixão comigo no dia da minha morte. Pensamentos mórbidos, não é?*

Saiu para encontrar Martoca pela primeira vez depois da sua revolução interior. Ao chegar no café, procura a amiga, mas ela não está. Encontra uma mesa e a espera olhando o celular como todo mundo. Uma boa parte da sua vida era online. Depois de uns vinte minutos ela aparece. Senta-se à mesa. Falam da morte de D. Genuína, do sofrimento de Bárbara, mas logo começam a tratar do amor de Maria Marta. Ela lhe dá a notícia de que, finalmente, havia tomado coragem de se separar, mas que não era para ficar com Adriano, era por ela mesma e pela filha, que não queria ver crescendo em um ambiente tóxico como aquele. Ia morar com os pais, encontrar um trabalho, e o ex-marido ia ter de pagar uma boa pensão. A casa onde moravam era dele, pois havia comprado antes do casamento e não tinha a honradez de deixar que ela e a filha morassem lá. Disse a Bárbara que, mesmo não tendo nenhuma esperança de que Adriano ficasse com ela, estava se sentindo mais inteira, aliviada mesmo, porque não ia ter mais ninguém lhe apertando o juízo, lhe fazendo se sentir na corda bamba, sem saber o que ia encontrar pela frente quando ele chegasse em casa.

Bárbara concordou com a amiga. Melhor viver em paz e ser realista quanto a Adriano não ficar com ela. Era jovem e podia encontrar alguém que fosse mais normal do que o seu ex-marido.

— Porque normal, normal mesmo, ninguém é, você sabe disso, não é? Cada um vai ter suas manias, suas neuroses. Você vai se relacionar com aqueles cujas neuroses combinem com as suas e com quem o sexo seja prazeroso também. Então é bom conhecer direito antes. Viajar, dormir junto, essas coisas. É difícil, amiga, encontrar um homem "pra chamar de seu", mas encontra-se. Eu ainda não encontrei. Não gosto de baladas. Tentei um aplicativo, e o homem com quem dei *match* ainda estava casado e não sabia. Só falava da ex-mulher! Dei boas risadas quando compreendi isso. Era só a ex ligar para ele ter crises crônicas de gagueira. E, além de ela receber de pensão setenta por cento do que ele ganhava, a mulher ficou com o apartamento deles. Queria eu ter um ex-marido assim!

Martoca lembra e comenta com Bárbara de uma amiga da mãe dela que vivia muito mal com o marido e quando aquele morreu foi canonizado. Passou a ser o marido perfeito, o melhor marido do mundo de tal forma que afugentava qualquer homem que se aproximasse dela ao elogiar, elogiar e elogiar o finado. Todos se sentiam mal achando que ela era apaixonada pelo defunto e que era desleal concorrer com ele! Deram muita risada ao lembrarem do fato. Em determinado momento Maria Marta contou para a amiga que Marcos estava de namoro sério com uma fulana e que parecia que iam se casar, porque, segundo ela, o tempo para ele era muito importante por conta da prioridade de ter filhos.
— Como Marcos tem coragem de abrir mão de um amor tão lindo como o nosso só por querer ter filhos? — pergunta Bárbara, sem pretender que a amiga respondesse.
Martoca fica pensando na importância incrível da filha na vida dela, mesmo que ela tivesse a genética do pai, mas não fala nada.

Quando sai do café e se dirige à casa, Bárbara sente um pouco da angústia da solidão e vai para um shopping para ver se consegue diluir a sensação. Não adianta nada. Não encontra ninguém conhecido. A sua solidão é um vazio dentro dela, carrega consigo para todo lugar. Resolve ir mesmo para casa.

Os dias passam todos iguais. No escritório onde trabalha faz tudo com competência e rapidez. Nenhum desafio havia surgido nos últimos tempos. As conversas com os colegas giram em torno do trabalho, mesmo quando saem para alguma confraternização. No final, sempre volta sozinha para o apartamento. Sua cama virou o colchão da sala. Toma o ansiolítico e dorme com a televisão ligada, coloca o som baixinho em qualquer canal. Começa a passar mais tempo no celular, no computador ou assistindo a um filme em canal pago do que no mundo real. Não tenta mais encontrar alguém no aplicativo de relacionamentos. Acha uma furada.

Um dia Martoca liga para ela e diz ter um encontro e estar com medo de ir sozinha; o cara ia levar um amigo para que ela também pudesse levar alguém. Pergunta se Bárbara aceita ir, que é para ajudá-la. Bárbara diz que sim, mas se imagina numa mesa de bar com três pessoas olhando o Instagram o tempo todo, porque o seu interesse passou a ser esse. O mundo não tangível, das fantasias.

Quando as duas chegam, eles já estão lá. Bárbara senta-se à mesa, dá uma olhada para o seu par e gosta da aparência. Todos começam a conversar por aquela troca de palavras que ocorrem em circunstâncias como essa. Com o passar do tempo, Bárbara começa a se interessar pelo par de Martoca e esta pelo seu. Fica visível para ambos os casais, mas não dizem nada. Resolvem ir dançar em um lugar ali perto. Ao chegarem lá, cada uma fica com o par certo. O de Bárbara se chama Eduardo. Dançam, tomam alguma bebida, conversam. A noite passa agradavelmente rápido. Ele é separado e tem dois filhos, um casal, com a ex-mulher. Não pensa mais em ter filhos. Bárbara adora esse detalhe.

Ele vai para a casa dela, e os dois acordam juntos em um dia de domingo. Ela conseguiu dormir na cama. Não precisou de ansiolítico. Também tinha bebido muito na noite anterior. Gosta de estar com ele ali na cama, conversando, de manhã. Não tinham transado na noite anterior. Bárbara levanta e pega uma pasta de dente no banheiro. Coloca um pouco na sua boca e na dele para amenizar os hálitos. Tudo acontece depois de um boa noite de sono. Ela fica impressionada com a intimidade física que os dois conseguem ter, de forma natural, logo na primeira vez. A conversa também flui de forma superagradável.

Os dois continuam se encontrando. A relação vai se tornando séria. Bárbara não estava tão apaixonada por ele quanto foi por Marcos. Mas a outra relação tinha começado quando ela era muito jovem, ambos praticamente cresceram juntos. Agora eram dois adultos com suas histórias de vida passadas querendo construir algo dos dois. Ela se sentia muito bem dessa forma. Ia fazendo as opções com mais consciência. Aprendeu a exigir mais dele. Sentia o frio na barriga característico de quem ama quando o encontrava. Gostava quando ele roçava seu rosto no dela. Eduardo usava um perfume que não era forte, era gostoso, e deixava-a impregnada do seu cheiro. Mesmo quando ele já havia ido embora, Bárbara ficava apreciando o aroma dele, que ficava até nas roupas de cama. Era tudo novo para ambos. Aquele novo gostoso, prazeroso.

Já Martoca não deu certo com o amigo de Eduardo e, ainda, estava às voltas com Adriano. Não conseguia colocar um ponto-final naquele relacionamento. Ia levando, achando que, de repente, ia encontrar seu "príncipe". Bárbara cansou de dizer para a amiga:

— Homem sente o cheiro de outro homem. Enquanto você não acabar com ele definitivamente e se abrir de verdade para uma nova relação vai ficar presa nessa que não vai dar em nada, amiga. Adriano já está furando os encontros com você. É melhor tomar a iniciativa do término.

Mas Martoca ia fazer o que quisesse, quando quisesse. Bárbara sabia disso. É assim com quase todo mundo.

9.

Bárbara e Eduardo resolveram oficializar a morada em comum. Iam se casar no cartório com a presença de apenas três ou quatro amigos. E a festa seria um evento maior, com as famílias dos dois e os círculos de amigos mais chegados e não tão chegados. Alugaram o espaço e contrataram um cerimonial. Ela estava cuidando de todos os detalhes da decoração. O vestido ia ser feito por uma estilista muito boa e, claro, não ia ser branco. O assunto "filho" já havia sido conversado, e Eduardo, que já tinha os seus, não fazia questão de povoar muito este universo. Ambos iam tirar férias dos respectivos trabalhos para vinte dias de lua de mel em um lugar que seria surpresa para a noiva. As alianças só iam ser trocadas no dia do casamento.

Em um dia como outro qualquer, quando Bárbara saía para almoçar sozinha no intervalo do escritório, dá de cara com Marcos na rua. Os dois se olham meio sem graça, se cumprimentam errando o lado do rosto que iriam encostar, ficando ambos desajeitados. Ela olha sem querer para a mão esquerda dele e vê a aliança de casamento. Toma um susto. Não sabia que ele havia se casado. Dá os parabéns.

— Finalmente, você vai ter a família que tanto sonhou. Fico feliz por isso.

Marcos meio desengonçado diz que sim, que estavam tentando ter filhos, mas ainda não havia acontecido e que já estavam pensando em ir a uma clínica de fertilização. Ela fica com uma expressão um pouco triste e surpresa ao mesmo tempo e diz que espera ter boas notícias dele em breve e que a mulher dele vai engravidar.

— Hoje em dia, com tantos recursos, é praticamente

impossível não ter filhos, Marcos. Em breve você vai ter a sua família.

Os celulares dos dois tocam, primeiro o dele, depois o dela. Eles se despedem rapidamente.

Durante o almoço, Bárbara pensa na ironia do destino. Ela havia engravidado de Marcos e não quis o bebê. Ele estava no segundo casamento, ainda tentando ser pai. Ela, por sua vez, ia se casar com um homem que já tinha filhos justamente por conta de sua vontade de não querer ser mãe. Como a vida é cheia de surpresas, do inesperado. Naquele dia teve a certeza de que não amava mais o ex-marido, a quem queria o bem e mais nada. Quando começou a namorar com ele, estava convicta que só se amava uma vez na vida.
— Que nada! Ama-se quantas vezes estivermos abertas para o amor. Eu realmente estou amando Eduardo. É com ele que quero me casar.

Mas, neste dia, pela primeira vez na vida, Bárbara se questionou se não ia querer ter filhos mesmo. O período de solidão depois da morte da mãe havia mexido com seus sentimentos. Já não estava tão firme nessa ideia, mas era melhor não falar nada para Eduardo para depois não haver cobranças. Queria ter liberdade de escolha. Já bastava o quanto um filho ia limitar sua vida por um período. Era preciso querer muito. *Será que quero tanto? Quem sabe?* O tempo ia dizer.

Chegou o dia do casamento, que aconteceu, como combinado, no cartório com poucas pessoas, e à noite a festa. Bárbara e Eduardo estavam muito felizes. Receberam os convidados, abriram a pista de dança com a música que era deles. As músicas selecionadas estavam ótimas, muita gente dançando, bebendo, rindo. Uma festança! Ambos se olhavam toda hora, ficavam de mãos dadas, se beijavam de vez em quando. O amor que sentiam um pelo outro era claro, concreto. Não precisava de provas. Estava ali. Nos detalhes de como se tratavam, se tocavam. O riso constante de alegria, de felicidade mesmo, contagiava a todos que chegavam perto. Quem estava sem amar, naquele dia, passou a querer encontrar logo alguém para ser objeto do seu amor. Olhando para eles, logo se pensava que era muito bom amar, mesmo com suas montanhas russas, seus altos e baixos. Bem, nem todos buscavam um par. Um ou outro já tinha alguém que lhe completava ao lado. Outros não queriam mesmo. A vida é cheia de nuances, das verdades de cada um. Generalizar é arriscado. O que importa é que os noivos estavam muito felizes ali, naquele momento importante para os dois. Tinha sido uma opção estarem juntos. Este fato ia dar lastro forte para os castelos de sonhos que criaram e a realidade com a qual se defrontariam no futuro.

A festa acabou com o dia claro, e eles foram para um bom hotel dormir, pois viajariam no dia seguinte para um resort em uma praia na capital da Bahia. Dormiram muito e fizeram amor e dormiram de novo e fizeram amor de novo. Pegaram o avião e do aeroporto foram direto para a Linha Verde, chegando à Praia do Forte, onde se hospedaram no Bahiamar Resort. Para Bárbara foram dias perfeitos. Piscina, mar, água de coco, drinques, dormir grudadinho e tudo mais que tinham direito. Ficaram fechados em seu mundinho. Davam risadas juntos, passeavam, cada um lia o seu livro da vez. Faziam pequenas excursões para pontos turísticos locais, onde encontravam com outras pessoas, e logo voltavam a ficar apenas os dois. Ela achava gostoso e divertido ficar com ele. Eduardo era um homem de bem com a vida. Nada era problema para ele, ou seja, muito raramente se chateava com alguma coisa, apesar de ser metódico. Bárbara internalizara e se habituara à maneira de ser do marido e tudo se tornava natural. As neuroses dele não a assustavam como já havia acontecido em relacionamentos anteriores, à exceção de Marcos. Para ela, este era também um ponto fundamental. As loucuras de ambos não os assustavam, mas geravam compreensão, cumplicidade, amizade, companheirismo. *Como é delicioso viver assim! Tenho sorte de ter encontrado outro amor tão legal!*, dizia Bárbara para si mesma.

Os dias passaram muito rápido. Voltaram cinco dias antes de terem de retornar ao trabalho para arrumar as malas, as compras, os presentes, fazer mercado. Enfim, deixar tudo nos eixos para voltarem à correria. Os filhos dele iam passar o fim de semana seguinte com eles. Eduardo e a ex-mulher conseguiram construir uma boa relação. Ela também já estava no segundo casamento.

No começo Bárbara achava chato quando os dois filhos do marido passavam o fim de semana com eles, mas não tinha jeito. O interessante foi que a paternidade dele foi começando a despertar nela a vontade de ter um filho, apenas um. O amor das crianças com o pai, a intimidade deles, as pequenas reclamações. As crianças começaram a se relacionar com a madrasta de forma mais próxima. De repente, ela se deu conta de que gostava muito delas. A chatice dos dias das crianças com o pai começou a virar alegria. Preparava as refeições e as sobremesas que eles gostavam. Começou a sair com eles para as programações que gostavam de fazer com Eduardo. Esses momentos passaram a ser prazerosos para ela também. Tudo foi acontecendo naturalmente, devagar.

Quando menos esperava, Bárbara já estava se imaginando mãe de um filho de Eduardo. *Como seria a carinha dele ou dela? Seria a mistura genética dos dois. Passaria a ter um laço muito forte com ele. Como seria ter um bebê em casa? Claro, daria trabalho, mas também teria um lado muito bonito. Teria paciência para amamentar?*, foram os pensamentos que começaram a se passar na sua cabeça.

Em um sábado à noite, sem as crianças em casa, Bárbara e Eduardo tomavam vinho, ouvindo boa música, abraçados no sofá. Bárbara se afasta dele para colocar mais vinho na taça e no movimento de volta se encosta no braço do móvel, colocando a pernas sobre as dele, que estava sentado.

— Sabe de uma coisa, meu amor? Estou começando a mudar de ideia em relação a uma questão na minha vida em que me mantive inflexível até agora.

Eduardo fica curioso em saber sobre o que a esposa está falando. Ela demora um pouco olhando para o vinho na taça, pensando em como dizer aquilo.

— É melhor ser direta mesmo, Du. Sabe de uma coisa? Depois de tantos anos, de dar de cara com uma solidão terrível depois da separação, da morte de minha mãe e do convívio com seus filhos, estou começando a pensar, a sentir que quero ter um filho. Só um. Não dou conta de mais de um e você já tem dois. Será que você vai ficar chateado com essa mudança de planos?

Ele olha para ela assustado; não esperava aquilo.

— Filhos dão muita despesa, sabia? Filho fica doente. Quando cresce vai para o mundo, e você não vai ter controle sobre o que acontece com ele. Estou lhe avisando que é bom e não muito bom ao mesmo tempo. Gera muita preocupação. Você só tem uma pequena ideia do que é, pois ouve de mim tudo isso. Mas quando for com você, a maternidade vai lhe custar muito. Minha ex-mulher dizia que não estava preparada para ter filhos. Que ninguém havia avisado a ela o que era. Isso também levou ao fim do meu primeiro casamento. Se não soubermos administrar bem os filhos, a relação some, se afoga. Você tem certeza de que está preparada? Porque, por mim, tudo bem. E veja, não vou ter disponibilidade para lhe ajudar muito. Trabalho e tenho dois filhos já grandinhos. Vou gostar de ter uma criança com você. Agora, filho junta e separa o casal ao mesmo tempo.

Depois de ouvir a enxurrada de palavras dele, Bárbara permanece quieta pensando em tudo que iria enfrentar, no ser humano que ia ficar sob a sua responsabilidade, mas também no amor que ia sentir e receber dele.

— Quero, quero sim. Com a parte boa e a não tão boa. Quero perder noites de sono, engordar, parir. Tudo isso. Mas antes vamos fazer uma viagem para Florença. O nosso filho ou filha vai ser feito lá!

O combinado foi realizado. Já estavam com períodos de férias vencidos e foram para Roma e de lá direto para Florença, cidade que Bárbara queria tanto conhecer. Um ambiente lindo com um museu a céu aberto. Foram para a Galeria Uffizi, a Catedral, tomaram muito vinho, comeram a massa italiana de todas as formas. Ficaram em um hotel bem localizado, com uma cama gostosa para fazer amor, tendo ao lado uma delicatessen onde compravam queijos, presunto Parma, pequenas delícias da gastronomia italiana e levavam para o quarto. Em determinado dia, Bárbara e Eduardo sentiram o mal de Florença, pois ficaram tontos com tanta obra de arte que estavam vendo, mas haviam tomado muito vinho também. Deram muita risada. Na volta passaram dois dias em Roma. Foram ao Vaticano e ao Coliseu. Ambos ficaram impressionados com a força da aparente simplicidade da Capela Sistina. Passaram bastante tempo naquele lugar admirando a potência da obra de Michelangelo, local onde o Papa era eleito. A viagem pareceu muito rápida para os dois. Quando se deram conta, já estavam de volta ao Brasil. Ela tinha parado de tomar o anticoncepcional antes de irem à Itália.

A gravidez demorou cerca de seis meses para acontecer. Ela já pensava que seria castigada por ter feito um aborto.

Em um mês muito confuso de trabalho, com os filhos de Eduardo em casa parte das férias e já sabendo do projeto da gravidez e gostando do fato de terem um irmãozinho bem menor que eles — justamente neste mês quando nem teve tempo de pensar direito se ia ou não engravidar —, Bárbara sente uma forte tontura no trabalho. Fica desconfiada, mas não diz nada ao marido. Faz o teste da farmácia quando chega em casa. Seu coração dispara antes de saber o resultado. Positivo. Imediatamente vai falar com Eduardo, que está com as crianças, e todos comemoram. Mas precisavam ir ao obstetra para terem certeza.

Vão ao Dr. Luiz, que faz uma ultrassonografia, e o pontinho brilhante aparece. Desta vez Bárbara fica muito emocionada, e Eduardo extremamente contente. Diz ter nascido mesmo para ser pai, que cada filho era uma grande emoção. Deram a notícia a todos os familiares. Ela passou a ser paparicada pelo marido, seus filhos, sua irmã, seu sobrinho, seu cunhado, sua grande amiga Martoca, pelos colegas do trabalho, enfim, por todos.

Em determinado dia, Bárbara está descendo a escada rolante do shopping onde havia ido com Cátia comprar o enxoval do bebê, quando, do lado oposto, Marcos está subindo. A barriga está bem aparente. Ele a olha com raiva; ela fica sem graça. Acredita que ele se chateou por ela não ter sentido vontade de ter filhos com ele, e sim com Eduardo. Cátia então lhe conta que soube, por amigos em comum, que Marcos e a mulher ainda enfrentavam dificuldades para engravidar. Ela sente uma pontadinha de pena no coração. *Será que a vida era tão injusta? Marcos não teria filhos?! Não consigo acreditar nisso!*

Procurou não pensar mais no assunto porque não podia carregar o mundo nas costas, a vida dava voltas mesmo, e agora queria ser mãe. Foi um processo de transformação pelo qual passou, não foi uma questão de amar mais Eduardo do que Marcos. Não há como comparar dois amores. Cada um tem em si uma vida que pulsa de forma diferente, até porque os atores são diferentes.

Os meses de gravidez passaram muito devagar. Bárbara sentiu muito enjoo até o sétimo mês. Com a barriga enorme, sentia muito sono. Várias tarefas simples, como pegar algo no chão, eram difíceis. Foi fazer as unhas dos pés, e a pedicure arrancou um pedaço de carne do dedão esquerdo. Voou sangue para todos os lados. Terrível! O dente do siso resolveu incomodar. Doía muito. Foi ao dentista, e ele passou antibiótico para cessar a inflamação, pois já estava no oitavo mês de gestação. O que ela mais achou interessante foi como Eduardo mantinha desejo por ela com aquele barrigão. Quando estavam transando, ela costumava perguntar:

— Como você tem vontade de fazer sexo comigo? Olha este barrigão!

Ele dizia que por ela estar com um filho dele dentro dela dava o maior tesão e a barriga era linda. A vida sexual dos dois esquentou com a gravidez e foi assim até quase o início do nono mês. Desse momento em diante, Bárbara já começou a ficar mal-humorada, pois não dormia direito. Pediu licença-maternidade no trabalho. O parto ia ser uma cesariana por conta da idade dela e de aquela ser a primeira gestação. Não quiseram saber o sexo do bebê, mas desconfiavam que era uma menina.

Em torno do final dos nove meses de gravidez, Bárbara e Eduardo foram ao obstetra e ele disse que já era hora de fazer a cesariana, que podia ser em qualquer dos dois dias seguintes àquela consulta. Ela ficou com muito medo. Era a primeira vez que ia fazer uma cirurgia, tomar anestesia... O drama se instalou na sua cabeça. *Será que vou morrer?*, pensava a futura mãe. Mas olhava para a barriga e constatava que o nenê precisava sair.

— Como fui irresponsável! Que medo de ter este bebê! — falou.

Eduardo a consolou, dizendo que tudo ia dar certo, que ela não se preocupasse. Mas a primeira mulher dele teve partos normais, e o dela ia ser bem diferente. Muitas neuras passavam pela sua cabeça. Se ela ia morrer e não conhecer o filho ou a filha, se Eduardo ia ter condições de criá-lo sozinho. Cátia se comprometeu a participar da criação da criança caso a irmã não sobrevivesse ao parto. E Bárbara não queria a ajuda de ninguém com o bebê, mesmo sabendo não podendo contar com Eduardo. Sabia que não ia confiar em ninguém.

— Terei de parar de trabalhar? Estou mesmo preparada para isso?

Enfim, chegou o dia marcado para a cesariana. Eduardo entrou com Bárbara na sala de parto, onde Dr. Luiz, seu assistente e outras pessoas já estavam aguardando-a. Bárbara se sentiu em um açougue, pois as paredes eram de azulejos brancos, nada aconchegantes. Imaginava o sangue manchando aquela branquidão, parecendo jatos de tinta de um pintor modernista. *Que horror!*

Bárbara ficou bem quietinha para o médico administrar a anestesia raquidiana. Em seguida, deitou-se. Estava calma já com o soro conectado ao acesso venoso. *Será que me deram algum calmante?*, pensou, mas não perguntou.

Colocaram um pano para que o procedimento cirúrgico não fosse visto. Eduardo ficou com ela. Tudo parecia estar encoberto de uma névoa branca. *Devo estar alucinando; melhor não falar nada.* Dentro de instantes, o bebê estava suspenso no ar, por cima do pano verde. *É uma menina! Que alegria, meu Deus! Obrigada, por me dar essa benção.*

Tudo ocorreu bem na cesariana.

Assim que foi possível, colocaram a recém-nascida sobre a mãe. Ela nasceu com os olhos abertos, e as duas se miravam como a dizer uma para a outra que já se conheciam. Logo começou a chorar. Bárbara e Eduardo colocaram-na no peito da mãe, e a bebê começou a sugar o colostro. Não haviam escolhido o nome, mas tinham algumas opções. Bárbara olhou para Eduardo e perguntou se podia ser Luísa. Ele concordou. Estava também muito emocionado. As lágrimas escorriam pelos rostos dos dois.

10.

Luísa e Bárbara já estavam em casa há cerca de vinte dias. Eduardo havia voltado a trabalhar. Cátia ia vê-la depois do trabalho e estava disponível pelo celular o dia todo. Já havia acontecido aquele momento em que tudo dá errado: Luísa chorando e Bárbara também, sentada no chão. Eduardo, finalmente, a convenceu de que precisava de alguém para ajudá-la, pois a Cátia havia contado com o auxílio da mãe, que já se fora, e Bárbara estava muito só.

Bárbara gostou da primeira babá indicada. Carmem. Uma grande sorte. A babá havia trabalhado na casa de uma amiga por dois anos, a quem ajudara a criar o bebê, e veio ficar com elas. As coisas foram entrando nos eixos. Luísa começou a ter uma rotina, horários. Era uma criança calma. Acordava pouco à noite.

Mas Bárbara tinha algumas neuras. Carmem, que lhe ajudava de forma eficiente, tinha a mania de colar o lacinho bem sobre a moleira de Luísa, e o lacinho ficava subindo e descendo. Bárbara tirava o lacinho e pedia para ela não fazer mais aquilo, até que foi ouvida. Com Carmem era assim, precisava repetir até ela entender. Sempre que carregava Luísa e passava por alguma maçaneta, ficava achando que quase tinha batido a moleira de sua filha e que, se isso tivesse acontecido, as consequências seriam terríveis.

Passava horas olhando seu rebento, refletindo que aquele pequeno ser humano estava sob sua total responsabilidade, que era uma menina linda. Que queria protegê-la de tudo na vida e não ia conseguir, em como Luísa era frágil. Fazia carinho na cabecinha, na barriga, e ela gemia de dengo. Como gostava de ter, naquele momento, sua filha sob a sua proteção. Mas quando a adolescência chegasse ia ser terrível!

— Como vou educar esta menina? Não sei nada a respeito.

E assim as coisas foram se sucedendo. Quando chegou a hora de retornar ao trabalho, conversou com Eduardo, pois os dois tinham uma poupança, e resolveu não trabalhar mais até que Luísa estivesse na escola.

— Como ser mãe é algo encantador! Como está mudando a minha percepção do mundo! Mas como é duro também — dizia Bárbara para Eduardo e Cátia, seus maiores parceiros na empreitada.

À noite quando se deitavam sem nenhuma interrupção pelos choros de Luísa, Bárbara invariavelmente perguntava a Eduardo se ele estava feliz com toda aquela confusão de novo na sua vida, e ele dizia que estava, porque estava adorando ser pai de novo, mas também pelas transformações que estavam acontecendo com ela tanto física quanto psicologicamente. Ele dizia que uma mulher quando se torna mãe, para ele, ficava muito mais interessante.

Os momentos de comunhão dos dois se tornaram ainda mais fortes e íntimos, quando ficavam parados, olhando para Luísa, uma mistura genética de ambos.

— Que laço incrível! Como pude não querer? — dizia Bárbara.

É claro que havia os momentos difíceis, em que ele queria atenção, e ela não podia dar, quando Luísa começava a chorar no meio do sexo deles, quando Bárbara se sentia gorda e feia. Mas tudo foi se ajeitando para começar uma nova rotina para os dois.

— Casamento é sempre igual; mulheres têm, no fundo, as mesmas características — dizia Eduardo para Bárbara, que se sentia ofendida, pois ele a estava comparando à ex-mulher.

Apesar de tudo, ele andava muito exigente, querendo mais atenção da esposa, muito envolvida com a criação da filha, que ficara, praticamente, apenas sob a responsabilidade da mãe, e Eduardo à noite queria a mulher de banho tomado, perfumada e cheia de tesão por ele.
— Impossível, Eduardo! Tive um dia terrível! Luísa teve febre. Levei ao pediatra que, como não sabe o que ela tem, disse ser uma virose e passou um analgésico para dar de seis em seis horas. Apenas isso! E a menina chorou e vomitou o dia inteiro. Estou esgotada e preocupada com ela, e você querendo apenas que eu fique gostosinha para você. Quanta insensibilidade!
— Eu sabia. O meu primeiro casamento acabou por conta dessas coisas, e agora está acontecendo o mesmo. Para que você inventou de ter filho?
— Meu amor, eu mudei depois da morte da minha mãe, filho é âncora, nos dá alegria e tristeza, mas, acima de tudo, dá sentido à vida. Tenha paciência — retrucou a mulher.
Mas ele já tinha esgotado sua paciência no primeiro casamento. O que o fazia ficar casado era ter a nítida certeza de que as duas precisavam dele. Senão...

O sexo estava rareando. Bárbara sabia disso, mas esperava a compreensão de Eduardo, pois ele já havia passado por isso. Era uma situação de todos os casais que tinham filhos.

Mas isso não aconteceu. Naquele dia Bárbara estava toda cheirosa aguardando Eduardo chegar do trabalho. Quando ele entrou em casa, ela foi abraçá-lo. Imediatamente sentiu o cheiro de perfume francês que estava impregnado nele. Afastou-se e olhou-o bem nos olhos.

— O que foi? Por que isso? Estava gostando do seu carinho. Há tanto tempo não tínhamos esses momentos.

Ela não disse nada. Preferiu pensar melhor sobre o que ia fazer, porque agora havia uma filha dos dois. Teve a certeza da traição. Esse fato a magoou profundamente. Mas decidiu não correr atrás nem brigar. Achou melhor observar o comportamento dele. Não ia ficar perseguindo o marido.

De que adianta eu ficar atrás dele? O homem ou a mulher quando quer trair seu parceiro faz e pronto. Nada o impede. É perda de tempo ficar atrás, pensou. Mas dentro dela houve uma revolução emocional. Sabia precisar de terapia, pois eram muitas coisas acontecendo ao mesmo tempo, mas não tinha dinheiro para isso.

Eduardo continuou com o seu comportamento, pensando que a mulher não notava nada. Quanto mais o observava, mais certeza ela tinha do que estava acontecendo. Sem dizer uma palavra a ele, a frieza foi se instalando no seu coração. Ela foi matando, aos poucos, o amor que sentia por ele. Pensava muito no caso de Martoca que, por outros motivos — ao menos ela falava assim — traiu o seu marido de forma inesperada, pois se apaixonou por outro homem.

— É assim que as coisas acontecem. O pior é verificar que muitas das minhas amigas têm um comportamento machista ao colocar toda a culpa de uma separação na mulher, ao julgarem e falarem mal daquela que trai o marido. Sem parar para pensar que aquilo podia acontecer com elas mesmas ou já acontecia e elas preferiam ficar caladas, escondendo seus "pecados".

Bárbara naquele momento colocava em Eduardo toda a responsabilidade pelo casamento deles estar esfriando. Ela achava que ele não tinha uma mulher fixa, mas elas iam se alternando. No começo ainda fez sexo com ele, conseguiu tratá-lo de modo a não demonstrar que sabia das escapulidas. Mas, com o passar do tempo, não conseguia mais disfarçar. Passou a evitar qualquer intimidade física, e ele, que considerava tais intimidades uma obrigação dela, passou a reclamar.

— Um dia você vai me dizer aquela frase do título do filme "Perdoa por me traíres", porque é impossível um casamento dessa forma — disse ele.

Passado um tempo, ele quis que ela fosse a médicos para se consultar e saber o motivo de não ter mais desejo sexual, pois devia ser um problema hormonal. Eduardo não tinha a menor ideia de que era decepção, falta de amor, de tesão por ele. Bárbara estava acostumada a fazer amor. Para ela havia uma entrega de alma na hora de fazer sexo com o parceiro. Não conseguia mais sentir nada por ele. A atração física sumiu. Dedicava-se única e exclusivamente à filha. Naquele momento, isso lhe satisfazia. Fugia do marido. Quase todas as noites ia dormir no sofá do quarto da filha. Eduardo chegou mesmo a acordá-la numa madrugada para que ela fosse ao quarto deles transar. Quando lá chegaram houve uma discussão abafada para não acordar a criança. Para Bárbara era muito sacrifício qualquer intimidade com o marido. Ela passou a ter repugnância por ele. Não podia falar isso de forma direta. Mas o seu comportamento deixava explícito.

É a mesma coisa quando se diz a frase "eu te amo" para alguém. São palavras fáceis de dizer. Só as atitudes da pessoa é que demonstram realmente o amor. Eu não amo mais este homem. Mas quero e preciso ficar casada por conta de Luísa e por acomodamento. Essa situação é mais confortável. Não tenho mais vontade de me separar uma segunda vez. Não vou me divorciar para encontrar um príncipe encantado, porque esse homem não existe. A vida é dureza.

O casamento era levado em frente pelos dois, porque não tinham mais coragem de enfrentar outra separação. Além disso, Bárbara não queria voltar a trabalhar tão cedo. Queria ficar o máximo de tempo possível com a filha.

Eduardo continuou com as traições. Ela seguiu sua vida sabendo o que estava acontecendo e fingindo que ignorava tudo. Jamais fez uma queixa. Engolia tudo com expressão de quem nada sabia.

11.

Estavam almoçando no restaurante predileto de Bárbara tomando um vinho branco com vista para o mar. Era verão. Martoca estava com vestido florido de alças, os cabelos soltos. Bárbara estava em um dia de rara beleza. Os cabelos também soltos, compridos, magra, pouca maquiagem, o olhar pensativo em direção ao horizonte, ouvindo a amiga falar que havia acabado com Adriano e estava de namorado novo. Os encontros das duas eram sempre distraídos, recheado de conversas, risadas e confidências. Sempre foram grandes amigas.

Bárbara estava de costas para as outras mesas do restaurante. Haviam pedido uma mesa bem em frente à janela. Levantou-se para ir ao toilette e na volta, no corredor, esbarrou com um homem lindo. Os dois se olharam, e ele pediu desculpas de forma muito elegante. Os cabelos bem cortados, grisalho, olhos pretos, traços bonitos e másculos. Ela sentiu um frio na barriga como há muito tempo não acontecia. Não conseguiu responder.

Acabaram o almoço. Bárbara saiu com vontade de ter tido algum contato com o "homem bonito" sobre o qual já tinha falado para Martoca, porém nada aconteceu.

Mas na vida há encontros que as pessoas chamam de destino. Bárbara, por acaso, acabou encontrando o bonitão do restaurante outro dia, na rua mesmo. Os dois deram de cara numa esquina perto da casa dela.
— Mas que surpresa lhe encontrar de novo! Lembra de mim? — disse ele.
— Acho que sim. Naquele restaurante, não foi? — respondeu.

Tiveram uma rápida conversa e trocaram os números dos celulares. Não queriam chamar a atenção de quem passava.

Começaram a trocar de mensagens por WhatsApp. No começo os dois procuraram se conhecer num clima de paquera. Em seguida a coisa foi esquentando. Bárbara ficou dependente emocionalmente daquele homem. Precisava falar com ele todos os dias. Muitas vezes à noite se trancava no banheiro para dar boa noite ao seu amor, para que Eduardo não visse nada. Também ele estava tão ocupado com a própria vida que não enxergava a mulher. Ele pedia nudes, mas Bárbara ainda não se sentia à vontade, nem tinha confiança nele, por enquanto, para fazer isso.

Marcaram de se encontrar à tarde, pois ele também era casado, o que não foi surpresa alguma para ela quando soube ao conversar com ele. O primeiro encontro foi só para ver se a química rolava. Os dois ficaram no carro dele, que tinha os vidros bem escuros, no estacionamento de um shopping pouco frequentado. Conversaram, se beijaram, se tocaram. Tudo muito gostoso. Para Bárbara a paixão começou ali. Ele era um homem muito realizado profissionalmente, um pouco mais velho, de bem com a vida, casado de muito tempo e reincidente em casos amorosos. Não escondeu nada. Mas não disse nomes. Falou, apenas, que cada um dos casos foi uma grande paixão. Bárbara logo pensou que seria mais uma. Mas mesmo assim queria viver aquele amor, aquele caso, aquele redemoinho de emoções. Não procurava justificar sua conduta com base nas traições de Eduardo. Simplesmente queria se dar o direito de viver aquilo, pois era muito raro se sentir tão tocada por um homem, como havia sentido no começo, tanto por Marcos quanto por Eduardo.

Os encontros rapidamente evoluíram para um apart hotel que ele possuía em local perto do seu trabalho. Como Bárbara não trabalhava e sempre tinha alguém com quem deixar a filha, ia para o refúgio com seu amor.

Para ela aqueles momentos eram o oásis da vida. Quase sempre duravam a tarde inteira. Quando iam se encontrar, já sabiam que isso ia acontecer. Como ele era dono do próprio negócio, era possível resolver as coisas por telefone. Ela o admirava como profissional e como homem. Gostava dele física e espiritualmente, mesmo sabendo que traía a mulher com ela. Será que a mulher dele não fazia a mesma coisa que Bárbara? Era um pensamento que passava muito pela sua cabeça, mas não dizia nada a ele.

Houve um dia que ele lhe perguntou se achava que a esposa o traía. Ela respondeu que não, que não achava isso, pois ele era um homem muito raro, completo mesmo e dificilmente ela se sentiria atraída por outro homem. *Fazia isso para ele não ficar ligado nela.*

Com o passar do tempo, ele passou a atender os telefonemas da esposa na frente dela. Era sempre muito carinhoso nesses telefonemas, na cara de Bárbara. Chamava-a por apelidos íntimos, carinhosos, falava sobre os filhos, enfim, tudo. A amante tinha ciúmes, mas não demonstrava. Bancava a superior.

Quando ele viajava com a família, era dureza para Bárbara. Ficava imaginando se os dois iam transar, a alegria dele de estar com os filhos, o convívio com amigos em comum, pois em geral iam para a casa de praia onde tinham um grupo de amigos. Quando era um fim de semana no feriado, ela suportava melhor. Mas quando ele tirou férias e viajou com todos para o exterior, foi horrível. O imaginário de Bárbara ficava repleto de cenas, achando até que ele não a procuraria mais quando voltasse. E se tivesse viajado só com a mulher e omitiu para não provocar ciúmes? Sim, era possível isso acontecer. Ele devia imaginar que a namorada não gostava dessas viagens. Eles dois dormiam juntos, viajando ou não. Será que nunca batia um desejo dele de transar com ela? Será que ela não insistia e ele acabava fazendo para satisfazê-la? Essas perguntas ficavam na sua cabeça. Não perguntava nada a ele para não demonstrar ciúmes e insegurança, mas sentia.

Ao fazer uma dessas viagens para o exterior com a família, ele avisou o dia que ia retornar para Bárbara. Uma quarta-feira. Nesse mesmo dia recebeu um telefonema dele dizendo que queria vê-la dali a uma hora. Bárbara ajeitou tudo para que Cátia buscasse Luísa na escola e ficasse na casa dela até que pudesse pegá-la. A irmã desconfiava do verdadeiro motivo, mas não perguntava nada. Bárbara foi ao encontro dele no flat. Ele lhe disse que mal colocou a família em casa, ligou para ela, pois estava com muitas saudades. Avisou à secretária no escritório que estaria ocupado e ela compreendeu o que era. Os dois ficaram juntos por muito tempo. O celular de Bárbara tocou, mas ela nem olhou para ver quem era. Foram momentos mágicos. Muito amor, muita conversa, muita comunhão de lamas e de corpos. Ela jamais tinha vivido algo assim e perguntou a ele se já havia sentido isso, ouvindo que:

— Com essa intensidade, não.

Em seguida, ficou calado, pensativo. Ela o acompanhou nesse silêncio. Estavam ali juntos, corpos nus, colados um ao outro. Ela com a cabeça no seu ombro, deitada ao seu lado. Aquele foi um momento de comunhão de sentimentos, de existência. Não precisavam falar. Foi mais duro para Bárbara se separar dele naquele dia. Para fazer isso sempre tomava um impulso e se determinava a ir embora. Depois passava horas, dias impregnada pelo amor que sentia por aquele homem. *Sim, a vida é cheia de surpresas. Não sabia que era capaz de sentir esse amor que só via nos filmes, nos livros...*

Em casa, o casamento com Eduardo estava cada vez mais frio e desgastado. O fato de ela estar apaixonada refletiu no relacionamento deles. Eduardo estava desconfiado. Cada vez mais Bárbara dormia no quarto da filha. Sua frieza era constrangedora, não conseguia disfarçar. Ele cada vez a traía mais, talvez, no intuito de lhe fazer ciúmes, e ela falava algumas frases como "Estou de olho em você!", "Tome cuidado comigo!", mas na verdade ficava aliviada. Era melhor ele ter alguém para desafogar a sua sexualidade e deixá-la em paz. Ele foi desistindo de fazer investidas na esposa, pois a forma fria como ela o rejeitava foi causando o seu afastamento. De qualquer forma havia uma estrutura familiar que ambos não queriam acabar por uma segunda vez. Havia também a filha, Luísa, os filhos do primeiro casamento dele, que frequentavam a casa quando queriam. Enfim, uma comida gostosa sempre pronta, casa limpa, aconchegante como só uma mulher sabe fazer. Além disso, o grupo de casais com os quais saíam. Os homens eram amigos do colégio de Eduardo, sendo que Bárbara se dava muito bem com as mulheres. A chamada rotina, o dia a dia, os hábitos comuns, todo esse conjunto de coisas os deixava acomodados.

Bárbara não queria que a sua paixão se separasse, pois não ia querer fazer o mesmo. Já havia aprendido que praticamente todos os casamentos, relações davam no mesmo lugar. O fato de não terem um cotidiano desgastante e de haver acontecido entre os dois uma afinidade física e psicológica deu início a um relacionamento esporádico, porém constante, que deixava as vidas dos dois mais colorida. Ela achava que se isso se tornasse vida real, casamento, toda a magia ia sumir. Tinham sede um do outro, justamente por ser algo escondido, perigoso, mas que tinha a sua estabilidade que lhes dava certa paz de espírito. Haviam conseguido um equilíbrio ideal entre a paixão que viviam e os casamentos deteriorados.

O relacionamento durou alguns anos. Havia momentos de encontros constantes e outros de certo afastamento. Depois foram esparsos, cada vez mais esparsos. A partir do momento que Bárbara voltou a trabalhar, ficou menos disponível. Sua filha passou a dar trabalho na escola. Ele, por sua vez, era um homem muito ocupado e tudo tinha de acontecer de acordo com sua agenda. Os desencontros entre os dois começaram a ser grandes. Até que, sem dizer, uma palavra o término aconteceu. Não se viam mais. De vez em quando um tinha uma recaída, mas resolviam suas vontades com telefonemas, fotos e filminhos pelo WhatsApp.

Bárbara voltou a investir no seu casamento com Eduardo, sem esperar que ele lhe fosse fiel, mas querendo companheirismo. Ambos eram muito solidários um com o outro quando tinham algum problema de saúde. Luísa e os filhos do primeiro casamento dele se davam muito bem. Ele ajudava a pôr um limite nas vontades da filha dos dois, pois Bárbara não conseguia exercer nenhuma autoridade. Ela passou a ver que ele participava mais da educação da filha e que a sua figura era também muito importante para Luísa. Era um casamento-amizade-companheirismo que muito raramente tinha sexo. Ele já estava sentindo o efeito da idade, se tornara mais caseiro e dentro em breve ia se aposentar. Enfim, Bárbara tomou consciência de que ele era a sua realidade, que os dois contariam um com o outro ao envelhecer ou adoecer, para se amparar tanto no psicológico quanto no financeiro. De vez em quando, ela lembrava de um professor seu na Faculdade de Direito, que dava aulas de Direito das Sucessões e lançava a seguinte pergunta que deixava no ar, sem resposta:

— Afinal, o que é o casamento? É uma sociedade amorosa ou uma sociedade comercial?

Ela ria consigo mesma e pensava: *Professor inteligente!*

12.

A vida é um eterno repetir de obrigações, rotinas, lazer, cuidados. Às vezes havia alguns fatos surpreendentes, mas depois tudo voltava à rotina. *O mundo não pode parar, tudo precisa continuar acontecendo, senão é uma catástrofe. Ocorre um tremor de terra na Turquia e na Síria. É enviada ajuda humanitária. Milhares de pessoas morrem, famílias morrem. O mundo olha para o triste evento, mas a vida, o mercado, as empresas, tudo precisa continuar funcionando. Só a guerra faz um país parar, como na Ucrânia, que foi muito atingida pelos bombardeios da Rússia. Mas, se não for um conflito de escala global, tudo continua a acontecer como sempre aconteceu na parte onde não há combates.*

Continuava o seu fluxo de pensamentos:
Casei com Marcos. Separei-me porque não queria filhos. Fiz até um aborto. Acreditava no amor eterno e sem traições. Perdi minha mãe, tive uma crise de pânico. Me casei outro vez, agora com Eduardo. Mudei de ideia quanto a ter filhos. Engravidei e sou mãe de uma menina. Acabei traindo meu marido, mas o caso se esvaiu com o tempo e terminou. Isso de algum modo fortaleceu meu casamento. A traição é uma roda que gira e acontece desde sempre. Não com todos. Mas acontece desde sempre. A monogamia é muito difícil de ser sustentada. Poucos conseguem. Mas será que se violentam muito reprimindo seus desejos? Não sei. Cada um leva a vida que quer.

Ela passou a se questionar muito se havia feito um mal muito grande a Marcos, por quem passou a ter imenso carinho e com quem não quis ter filhos. Será que ele tinha conseguido realizar seu sonho? Perguntou à Martoca e à Cátia e nenhuma das duas soube lhe responder. Marcos havia sido perdido de vista por elas. Mas tinha certeza de que ele continuava morando no mesmo apartamento. Era muito apegado àquele bem. Será que continuava com o mesmo número de celular? Olhou no WhatsApp, e o contato dele tinha uma foto que ela conhecia, pois ele tinha tirado no ano em que os pais morreram.

Então ele continua com o mesmo número! Será que vai reagir bem a um contato meu? Não, não sei. E se ele não tiver tido filhos? Ele me viu grávida e me olhou com raiva. É melhor eu ficar quieta.

Mas não conseguiu. Começou a ter o costume de passar de carro pela rua onde Marcos morava. Essa conduta se tornou um hábito. Ela já não esperava mais vê-lo. Mas continuou com seu pequeno desvio de rota quando saía para o trabalho. Quando menos esperava, numa sexta-feira viu Marcos, a esposa de mãos dadas, cada um de um lado, com uma menininha linda. Era a filha deles! Ficou aliviada. Teve vontade de falar com ele, mas se conteve durante algum tempo.

Sabia onde ele trabalhava por amigos em comum e no horário do almoço passou a caminhar para almoçar ali perto. Depois de algumas tentativas encontrou-o na porta do prédio conversando com amigos, dos quais se despediu. Bárbara rapidamente caminhou ao encontro de Marcos como se fosse por acaso. Os dois se viram. Ele não ia falar, mas ela insistiu.

— Como vai, Marcos?

Ele pareceu surpreso com a abordagem, respondendo de forma monossilábica. Bárbara aproveitou para lhe dizer:

— Marcos, eu queria trocar duas palavrinhas rápidas com você, pode ser? É algo importante para mim.

Ele olhou para ela, ficou pensativo e concordou com a cabeça. Foram para um restaurante simples, que ficava em uma rua lateral e estava vazio. Bárbara e ele pediram algo para comer rápido, pois não queriam demorar. Enquanto não traziam o almoço, começaram a conversar sobre trivialidades. Ele disse saber que ela havia tido uma filha, e ela respondeu que o havia visto com a filha dele e que tinha ficado feliz por ele. Neste momento Marcos lhe responde que a sua esposa havia tido muita dificuldade de engravidar, que foram a várias clínicas de fertilização até conseguirem ter Mariana. Falou também que era pai-avô, mas que o amor pela filha fazia com que superasse tudo e que o momento certo, para ele, de ter tido filhos teria sido com Bárbara, pois ali era mais jovem.

— Mas quis o destino e a sua inaptidão para ser mãe que não fosse assim. Confesso que fiquei surpreso quando soube que você ficou grávida do seu segundo marido.

Neste momento, Bárbara explicou tudo que lhe aconteceu depois da morte da mãe, o fato de ter casado com Eduardo que já tinha filhos e de haver gostado da convivência com as crianças.

— Isso tudo fez nascer em mim uma vontade de ter um neném. Sem pressões, sem obrigação e só ter um. Você queria três!

Eduardo respondeu que, no final, tinha tido apenas uma filha mesmo e perguntou se o que Bárbara queria era se justificar com ele. Bárbara explicou que sim, que precisava dizer isso a ele e queria que ele a compreendesse.

— Então, está tudo bem, você já me disse. Mas jamais irei compreender. Eu me senti extremamente rejeitado por você, que nem quis ter um filho comigo. Achava que você e eu éramos o amor da vida um do outro. Enxergava-nos de forma muito especial. Enganei-me.

Ela disse também achar naquela época que ele era o amor da sua vida, mas se sentiu meio que um objeto por só servir para ele se procriasse. A liberdade que teve com Eduardo de optar por ter filhos e a morte da mãe a fizeram mudar de ideia, repetiu.

— Certo, Bárbara, essa é a sua justificativa para você mesma. Eu não tenho nada a ver com isso. Não vou bancar o bonzinho. O que sinto não vai mudar com suas palavras. Eu já aprendi a lidar com essa realidade. Você não precisa de minha aprovação para nada. Queria falar comigo, não é? Já falou. Agora vamos seguir com nossas vidas. Desculpe, mas não posso demorar, tenho uma reunião daqui a dez minutos. Fique bem. Não lhe quero mal. Só não quero nenhuma proximidade com você — falou tudo com a voz calma, levantou-se pagou a conta dos dois e saiu.

Bárbara ficou estarrecida na mesa. Não conseguiu mais comer. Voltou para o trabalho de forma aturdida e passou o resto do dia assim. *Como Marcos havia mudado! Estava mais duro, amargo mesmo. Será que eu atingi tanto esse homem que foi meu primeiro amor? Não queria ter feito isso! Só não estava pronta para ter filhos naquela época.*

Será que fui inconsequente com ele? E ele nem sabia do aborto que não foi espontâneo! Ela teria de aprender a conviver com isso. Sua vida tinha sido sempre uma revolução de emoções. Não se sentia nada bem com relação a várias coisas. Uma delas era Marcos, outra era Eduardo. Os dois homens mais importantes da sua vida. De repente tomava consciência de como tudo era complicado para ela. *Será que sou uma mulher complicada? Preciso colocar essas coisas para fora! Será que escrever ajuda?*

A partir desse encontro com Marcos, ela passou a entrar em um redemoinho emocional. Tudo para o que havia encontrado uma justificativa passou a ser algo em que ela não acreditava mais. Ficou emocionalmente muito abalada. *E se estraguei o melhor relacionamento que tive na vida por um capricho? Por que não cedi parcialmente à vontade de Marcos, um homem que amei tanto, meu primeiro amor? Como dei esse rumo à minha vida de forma tão irresponsável, sem refletir?! Agora estou com um homem que não amo, mas com quem tenho uma filha e não me separo por conveniência. Por que fiz isso comigo mesma? Antes de me separar de Marcos, as minhas amigas já separadas me disseram para ponderar bem, pois, se soubessem que iriam passar pelo que estavam passando depois de separadas, tinham ficado com o primeiro marido. Será que era isso mesmo?*

Desde então, Bárbara começa a sentir com frequência dores nas costas, que só passam com remédios fortes. Não tinha muita esperança de aprender a lidar com todas as suas dores que eclodiram depois do encontro com Marcos. As suas decisões estavam tomadas e as consequências delas estavam na vida que levava. Não havia como alterá-las. Será que sentia arrependimento do aborto feito no passado? Não sabia. Estava embotada. Constatava, no entanto, haver dias melhores e piores. A angústia e a ansiedade eram constantes, mas a gradação mudava de um dia para o outro. *Minha capacidade de concentração e de ver beleza na vida está muito comprometida. Há muito tempo não sonho ou não lembro dos meus sonhos. Será isso um sinal? Sim, deve ser um anúncio da crise que viria e que, naquele momento, estava instalada.*

Teria acontecido com ou sem o encontro com Marcos. Tinha certeza. Mas havia muitos sentimentos reprimidos que viriam à tona a qualquer momento. Iriam surgir de qualquer forma.

Tudo se alterou depois daquele encontro. Como se tivessem regulado para o máximo a sua capacidade de sentir. Qualquer coisa, gesto ou palavra, seja lá de quem viesse, lhe tocava profundamente. O relacionamento com pessoas que não fossem Eduardo e Luísa tornou-se difícil. Passou a ter o hábito de fugir do convívio social. Não sabia até quando sentiria essa necessidade. Estava se cuidando. Talvez melhorasse. Não gostava de tomar remédios porque eles não alteram a realidade, mas, sim, dopam a pessoa para suportar melhor o sofrimento. Preferia sentir tudo, mesmo encarando uma dureza enorme até conseguir enquadrar, racionalizar toda aquela gama de emoções.

O fato é que o casamento com Eduardo a fazia sentir-se segura. Estava também acostumada com bobagens como o abajur do quarto, com a cama deles, com o sofá onde estava sentada naquele momento. Essas pequenas coisas lhe davam a sensação de acolhimento. Há algum tempo passou a não ter grandes expectativas da vida amorosa. *Afinal, o que é o amor? Pensei que soubesse, mas agora acho que não. Para mim, depois de tudo que passei, basta que um seja gentil com o outro, que haja uma convivência amena e está ótimo. Eduardo sabe coisas sobre mim que ninguém mais sabe. Como me separar desse homem? Sim, já fantasiei a morte dele, pensei em ficar viúva para usufruir dos nossos bens materiais, mesmo que os filhos dele herdassem alguma coisa. Qual é a mulher que não faz isso? Era o meu imaginário funcionando, por conta de algo que ele havia feito e que tinha me chateado ou porque não o amava mais. Os casais são assim. É o famoso amódio. Fico com ele por uma opção, não é uma fantasia de amor.*

Bárbara podia tentar organizar mentalmente tudo, mas no seu íntimo a insatisfação latejava. Sentia-se perdida em meio a tantos sentimentos. Tentava justificá-los racionalmente, mas a emoção vinha e lhe contradizia. Era este choque que a deixava atordoada, angustiada, ansiosa. Será que ia seguir com aquele casamento morno? Onde ela e Eduardo iriam acabar? Lembra-se da senhora com quem conversou casualmente na sala de espera de um consultório médico. Ela tinha de cerca de 70 anos de idade. Muitas vezes pessoas fazem confidências a estranhos que jamais viram ou encontrarão de novo. Foi o que aconteceu. Ela lhe disse que queria se separar do marido com quem estava casada há mais de quarenta anos. Bárbara lhe perguntou o motivo, e ela explicou que há muitos anos havia dito ao esposo que queria separar dele porque não o amava. Ele a convencera de que seria melhor fazerem isso quando os filhos estivessem independentes, maiores. Ela esperou. O momento era aquele em que ela encontrou Bárbara, pois os filhos já haviam saído de casa. Aquela senhora já havia marcado com um advogado. Bárbara não revelou sua profissão. Infelizmente, segundo um pensamento íntimo seu, aquela senhora havia perdido muito tempo para tomar a decisão de se divorciar, em que a fase boa para refazer a vida contava muito. Aquela senhora não trabalhava, não amava nenhum outro homem, não sabia a reação que os filhos teriam àquela atitude, enfim, muito provavelmente sua vida seria muito difícil se optasse pelo divórcio. Queria separar porque jamais amara o marido. Mas como também era difícil amar alguém depois de tantos anos! O mais natural era a cumplicidade de dois amigos, de dois irmãos. Raramente era diferente e muitas vezes as pessoas se enganavam achando que amavam. Bárbara tinha medo de ser colhida pelos mesmos fatos. Mas também sabia que naquele momento não se achava preparada para uma segunda separação porque ia lhe desequilibrar muito. *Sim, é melhor esperar, nem que seja para ficar tão insatisfeita como aquela senhora, naquela idade. É bom ser racional. Sim é melhor aguardar. E se o tempo demorar de passar? O tempo, o tempo.*

© 2024, Anna Nascimento

Todos os direitos desta edição reservados
à Laranja Original Editora e Produtora Eireli
Rua Isabel de Castela, 126 – Vila Madalena
São Paulo – SP – CEP: 05445-010

www.laranjaoriginal.com.br

Edição: Filipe Moreau
Projeto gráfico: Yves Ribeiro
Produção gráfica: Bruna Lima
Imagem da capa: Katsushika Hokusai

Dados Internacionais de Catalogação na Publicação (CIP)
(Câmara Brasileira do Livro, SP, Brasil)

Nascimento, Anna
   É normal enlouquecer / Anna Nascimento. --
São Paulo : Laranja Original, 2024.

   ISBN 978-65-86042-93-1

   1. Ficção brasileira I. Título.

24-192716   CDD-B869.3

Índices para catálogo sistemático:

1. Ficção : Literatura brasileira   B869.3

Cibele Maria Dias - Bibliotecária - CRB-8/9427

Fonte Minion Pro
Caixa de texto 95 x 166 mm
Papel Pólen Bold 90g/m²
nº páginas 96
Impressão Psi7
Tiragem 150 exemplares